EDGAR WALSEMANN · RUMPOTT

EDGAR WALSEMANN

RUMPOTT

JAN BRASS VERTELLT

Mit Zeichnungen
von
Hilde Hudemann

CHRISTIANS VERLAG

Schutzumschlagentwurf von
Hilde Hudemann

Gesetzt aus der Linotype-Garamond-Antiqua
Gesamtherstellung Clausen & Bosse, Leck/Schleswig
ISBN 3-7672-0249-2
Printed in Germany

VORWORT

Jeden Sünnobend schrifft Jan Brass in't Hamborger Obendblatt een vun sien lütten Geschichten. He vertellt, wat he so belewt und wat sien Fro Ariadne dorto seggt. Un een jeden, de dat leest, de grient son beten und hett sien Freid an de Vertellns. Hunnerte Breefen hett Jan Brass all kregen; in ganz Dütschland un in de ganze wiede Welt hett he sine Verehrers un Verehrerinnens.

Nu, wo he över tachentig Johr old is, könt wi dat jo seggen: Jan Brass is man blots een Ökelnom. Richtig heet he Edgar Walsemann. He wohnt in Övelgönne, un jeden Dag kiekt he op de Elw, kiekt no de Scheepen, de vorbiföhrt, un männigmol winkt he, wenn een vun siene Frünn op de Brück steiht oder sien Söhn Kurt, de as Elwlots föhrt. An de Elw is Jan Brass born, mit de Elw is he opwussen, un no See hen is he ok fohrt, as Jungkerl. Sommerdags lewt he op de Elwinsel Lühsand in sien lütt Holthus.

Jan Brass – dien Hoorn sin gries worn, diene Oogen obers de kiekt noch so plietsch as bin'n Jungkerl ünner de buschigen Oogbruns rut un seggt, dat du'n lustigen Mann büst, een ganzen Kerl, een, de sick nich umsmieten lett. Holl di stief, Jan Brass!

Hans. H. Müller

SEUTE SOKEN

Wenn dat Freuhjohr to Enn' geiht un de Sommer al anfangen will, denn sett hiertoland Modder den Rumpott an. Eegentlich mut dat'n richtigen, ool Bunzlauer Pott sien, ober sowat gifft dat hüt woll nich mehr. So denn geiht ook jede anndere handfaste Kruk. Un nu geiht' los: In' Juni sünd de swatten Kasbeern, wo se op hochdütsch Kirschen to seggt, riep un seut. De kummt as erste un ünnerste Schicht op den Bodden vun den Pott. Dor öberhen en knappe Handvull Zucker. Un denn en goden Schups vun den allerbesten Tschamaika-Rum, grod soveel, datt de Kasbeern sick düchtig dormit vullsugen könt. En Stück Permentpopier op den Pott, tobinnen un weg dormit an en nich to warmen und nich to helln Platz. Dor steiht he denn jo nu still un stur.

Ober nich lang', denn sünd de Er'beern rot un riep. Her mit den Rumpott, en Schicht Er'beern rin, Zucker dorto, Rum öberhen, un de Pott kummt wedder an sienen stilln Platz. So geiht dat wieder, den ganzen Sommer hendorch bit in den Harvst hento. De jungen Stickbeern drofft nich to wenig Zucker kriegen, de swatten un de roden Hannsbeern ook nich, un denn kummt ook al de seuten Himbeern un de swatten Brommelbeern. Oha, nu is bald Septembermond. En Schicht scheune geele Eierplummen heurt ook dorto, dreefingerbreet hoch, un toletzt kummt in' Oktober de seuten blaun Zwetschen. Dat mutt ober'n besonners fiene Sorte sien, an besten welk vun den groten ooln Zwetschenboom in Unkel Albert sien Schrebergor'n, wo de dicken Zwetschen buten blau un binnen geel sünd un de Saft so seut is as Sirup. Un nu kiek an: de Harvst is dor, un de Pott is vull. Grod' noch'n deftigen Schuß von den herrlichen Tschamaika geiht dor in. Een mutt sick wunnern, datt Modder dat alle Johr jümmer wedder genau henkriegt. See hett dat Gefeuhl dorför in ehr Fingerspitzen.

Ober richtig fix un fardig is uns Rumpott nu doch noch nich. He kummt wedder an sienen Platz un mutt nu erst richtig to Roh komen. Langsom, langsom un mit de Tiet vermengeleert sick de Saft un de Ruch vun all de ünnerscheedlichen Früchte mit'nanner. De scharpe Rum sickert dörch jem dörch un füllt sick sülben an mit all den Duft un Smack, mit dat Seute vun de Kasbeern, dat Sure vun de roden un dat Harsche vun de swatten Hannsbeern, mit dat Stickbeernherbige un dat Sämige vun den Zwetschenhonnig. De Zucker hett sick opleust un sitt nu öberall in dat Fruchtfleesch, un all'ns hett sick in en musigen Bree verwannelt. Um de Wiehnachtstiet is he gor un got, de Rumpott, un wenn't Obend ward, denn kriegt Modder em her un deelt jedereen en lütten Suppenlöpel vull to. Nich toveel, wenn't ook noch so scheun smeckt! Anners kannst licht sprüttendun warn! Dorför langt de Rumpott ober ook den ganzen Winter öber un smeckt allemol en lütt beten anners no dat, wat in'n vergangen Sommer wussen un riep worn is to siene Tiet.

Un so as de Früchte ut Sommer un Harvst dorch Modder ehr Hannen tosomenfunnen hefft, so hefft sick ook de lütten plattdütschen Geschichten, de nu kummt, to dit lütt Bok tosomensammelt.

So denn hett dat den Nomen Rumpott kreegen. Wat dat'n goden Rumpott worn is mit den rechten Smack un Ruch, dat, mien leebe Leser, saßt du seggen.

OOLE TIEDEN

Güstern nomeddag klingelt dat an de Huusdör, un as ick opmok, kummt 'n öllere Dom 'rin un'n jungen Mann. «Go'n Dag», sä' de olle Dom', «ick hef hier'n scheunet Bild vun ehr Urgrotöllern, dat weern nette Lüd', heff jem ganz goot kennt.» – «Wat?» wunner ick mi, «ick bin nu dreeunsöbentig, un wat mien Urgrotvadder is, de is 1798 to Welt komen. Wo olt sünd Se denn, leebe Froo?» – «Ick kumm nu ook all in de Johrn un bin eenunneegentig. Hett ehr Urgrotmodder Amalie heeten? Un hefft de oll'n

Herrschaftens nich in Hamborg an de Vorsetten wohnt?» – «Amalie stimmt», sä' ick, «un an de Vorsetten, dat stimmt ook. Mien Grotvadder, mien Vadder un ick sülben ook, all sünd wi in das sülbige Huus an de Vorsetten to Welt komen. Ober wo komen Se denn to dat Bild?» – «Jo», sä' de oll Dom', «wat mien Modder is, de hett bie ehr Urgrotöllern an de Vorsetten teihn Johrn as herrschaftliche Köksch deent. Dat mutt so von 1847 bit 1857 west sien, un as se heirot hett, dor hett se dit Foto to'n Angedenken kreegen. As Kind güng ick denn mit Modder männich mol op Beseuk no de Vorsetten, un denn heff ick dat Bild arvt, un jümmers hett dat bie mi an de Wand hungen. Kieken Se mol dat scheune Swattsiedene von de Madamm un de dicke gülden Uhrkeed von den oll'n Herrn. Wat scheun, nich? Un denn heff ick ehrn Nomen in' Obendblatt lest, un heff dacht, ick will dat Bild Se perseunlich öbergeben, dormit dat in jüngere Hann' kummt.» – «Besten Dank», sä' ick, «dat is wirklich bannig nett von Se.» Denn hok' de junge Mann de oole Dom' vorsichtig ünner, un se trippel grod' un stur de Trepp wedder dol. Se heet Mimi Kruse un wohnt in Lokstedt.

DAT DRINKGELD

Wat mien Broder Paul is, de is 'n groten Anhänger vun klassische Musik. Natürlich is he man Dilettant un speelt mit annere Dilettanten in Quartett. Man mutt sick wunnern, wat disse Dilettanten for scheune Musik moken könt, un dat hüt noch so wat geben deit. Disse Woch heff ick mol wedder toheurt. Alle veer Musikanten sünd öber söbentig. Broder Paul speelt den Bratschenpart, de Erste Geige is tweeunachtig, ober so fix mit den Fiedelbogen as 'n Jungen. Se speelen Beethoven, Mozart un Sibelius. «Junge», sä ick to den witthoorigen ool'n Primgeiger. «Se hebben den Bogen ober rut! Wo sünd Se denn in de Musikschol west?» «Och», vertell de oole Herr, «dat weer in Bayern, in Würzburg, bie de ‹Stadtpfeife›. Vor söbentig Johrn gäv dat noch in manche Städte ‹Stadtpfeifen›.

Jungs vun eenfache Lüd, de nich veel to bieten harn, wor'n op Kosten vun de Stadt as Mus'kanten utbild un würn denn op Danzmusik schickt. Gegen Gebühr. Ober de Gebühr kreeg de Stadt, wi Jungs blot Logis un Kost. In Würzburg käm ick mit twolf Johrn to de ‹Stadtpfeife›. Dat weer'n suer Brot. Mol harn wi de ganze Nacht mit soß Jungs Danzmusik mokt un weern dodmeud. Ober denn kreegen wi'n blanke Reichsmark Drinkgeld! Junge, wat'n Vermeugen! Ober as wi no Huus kämen, wuß uns Huusvadder all Bescheed, un wi mussen de Reichsmark an em rutrücken.» «Un denn», sä de oole Herr, «denn kreegen wie alle soß noch 'n Morsfull.»

DE PALMBOOM

Ward jo jümmer seggt, Palmbäum gifft dat blot in Indien un Abessinien un Arabien un op eensome Südseeinseln. In Hamborg waßt keen. Heuchstens in dat nee'e Warmhuus in' Botonschen oder vor'n Alsterpavillon, ober dor blot in' Sommer, wo sick all de Dichter Hein Heine vor sowat vor hundertveerdig Johrn lyrisch öber opregt hett. Is ober all'ns ganz anners. In Hamborg waßt doch Palmbäum! Een to'n Biespeel bie mi op de Blomenputtbank in de Wohnstuv. Wat dat'n Kokospalm' oder'n Dattelpalm' is, kann ick ook genau seggen. Nich datt ick'n besonders groten botonschen Experten bin, ober ick weet noch genau, dat vor nu teihn Johrn in de Wiehnachtstiet mien lütt Neffe Jan gedankenvull en blanken Dattelkern ankeek, op den he siet anderthalv Stün'n rümlutscht har. «Wat de woll wassen deit?» freug he. «Mol verseuken.» Annern Dag stünn dor'n Blomenputt op de Blomenbank mit swatte Er' un Jan sien Dattelkern. Lang reug' sick nix. Denn käm schüchtern wat Wittgreunet. Ganz, ganz langsom füng uns Dattelpalmboom an to wassen. Nu, no teihn Johrn, hett he all'n richtigen lütten Stamm, fief grasgreune Bläd', de sick no alle Sieden lustig ut' nanner feddert, un is meist all twee Fot hoch. Tiet lett he sick jo, he hett dat bannig mit de Geduld. Mol sehn, wat he in teihn Johrn utsehn deit.

WASCHLAPPENS

Nu har'n wi jo woll all uns Geschenke op'n Dutt. De Jagd dörch tweeuntwintig wiehnachtliche Geschenkparadiese weer to Enn'. Blot noch in de Parfümerie mussen wi gau noch mal rinkieken, von wegen de letzten poor Kleenigkeiten for den un for dee. Ontjekolondje for Tante Alice, Lippenstift für Gisela, Nogellack for Irene, Lavendel-Seep for Oma, Rasierwoter for Opa und all so wat. Ariadne, wat mien Froo is, har all'ns fein op'n Zettel. In de adrette lüttje Parfümerie weer'n Barg Kundschaft, un in de Luft weer'n nich blot alle Wohlgerüche vun Arabien, sondern ook vun Persien, Indien, Haiti, Honolulu un Sankt Pauli. Op den Tresen stünn en heuchst dekorotive dreihbore Pyramide in Form vun en stiliseerten Dannenboom. Hüngen ober keen Zuckerkringel an, sonnern luder Waschlappens. To'n utseuken. Wiel dess de nette Verkäuperin uns' Reknung tosomentell, nudel Ariadne den Waschlappenboom rüm. «Poor Waschlappens wüllt wi man noch mitnehmen, Frollein», sä' se, «disse mit de Rosen is hübsch, un disse mit de Maisebers un den mit de Botterblomen.» «Gerne», sä' dat nette Frollein, «macht zusammen sechzehn Mark fuffzig, bitteschön.» «Wat», sä' ick, «for dree Waschlappens, soßteinmarkun ...?» «Sehr preiswert», sä' dat Frollein, «handgewebt, Entwurf Professor Schaumwalker, seifesparend, hautkosig, glitschodosierend.» «Och so», sä' ick un trock mien Breeftasch, «wenn dat so'n Superwaschlappens sünd, denn sünd se for den Pries jo meist geschenkt, pakken Se se uns man in. O, du selige, o, du fröhliche Wohlstand du!»

DE SANFTE WECKER

Fiefuntwintig Johrn hefft wi den ooln Wecker hatt. Weer nich dot to kriegen. Wenn he morgens um soß losrassel, kreeg he di in' deepsten Slop bie de Gorgel un rüttel di un schüttel di un schrill di in de Ohrn: «Wullt du woll rut, du fuule Sack! Opstohn, los, los, los, rattel, rattel, rattel!» De Sweet lop di de Nees dol, wenn du em endlich een op'n Kopp geben un still mokt harst. Un de halbe Dag weer verdorben. To'n Glück is de oole Wecker toletzt doch 'tweigohn, un nu hefft wi'n nee'n. De is modern un dat genaue Gegendeel vun den ooln. Wo de oole losballert hett, dor mokt de nee'e dat mit de sanfte Gewalt. Wenn morgens de Tiet komen is, denn seggt he ganz liesen «tuck», un wenn du dann noch half in' Droom büst, denn kummt di dat vor, as wenn'n seuten lütten Engel an dien Bett steiht un di mit himmlische Zuckerlippen een opdrückt. Na, dor hest du nix gegen un döst in de angenehme Situatschon noch'n Oogenblick vor di hen. Denn ober fangt de Wecker ganz verschomt an to lachen un to kiechern! «Gluck – gluck – hihi – hahaha!» «Dammi», denkst du, «wat nu woll kummt!» Un rietst de Oogen op. Un nu erst fangt de Wecker sanftmeudig an to klingeln, nich wie dull un unklok as de Füerwehr, sonnern mit honigseute Överredung: «Kling – kling – klingellingel, hach, du Süßen!» Na, denn nützt dat jo nix, denn mußt du rut ut de Puch, denn wenn du nu nicht opsteihst, dann ward sogar dien sanften Wecker opstinotsch un bringt di in de Gang' mit tietgemäßen Krach un teemlich geweuhnliche Wörter. Somit denn stellst du em gau aff un treckst di de Büx an. Nu segg eener, datt de moderne fortschrittliche Technik keen Seelenleben hett!

DE RODE HAND

Disse Dog' käm en ingelschen Damper de Elv rop mit'n gediegene Schoßteenmark. En blotrode Hand! Kennst de Geschicht vun de blotrode Hand? Nee? En ooln ingelschen Kaptein hett se mi mol vertellt. Vor veele Johrn weer dor'n Schippsreeder in Liverpool, de weer steenolt un wull starven. Nu güng dat üm den Nofolger. Twee Söhn' weern dor, Jimmy un Jonny, dat weern Zwillinge, se kunnen sick ober nich got verdregen. So sä' denn de Vadder: «Een vun ju Boys sall de Firmo kriegen. Beide tosomen, dat geiht nich klor. So denn süllt ji beiden tosomen nu'n Reis' mit een vun uns Schepen moken, un wenn dat Schipp wedder no Liverpool kummt, denn sall de uns Reederee föhrn un dat Seggen hebben, de toerst de Hand op de Pier leggt.» Annern Dag güng dat Schipp jo nu in See, un as dat no'n Johr wedderkäm, stünnen de Breuder an de Reling, Jonny vörn op de Back un Jimmy achtern op de Poop, un jeder wull toerst an Land; vonwegen de Bedingung. Vörn weer de dicke Troß all fast, ober twüschen Bordwand un Bullwark weer noch so an twintig Fot Woter. Mit 'n mol säh Jimmy, datt sien kloken Broder över de Reling klatter und sick an de Tross no Land röber hantel. Har Jimmy nu dat Speel verlorn? Nee! Fix grep he sick dat scharpe Enterbiel, hau sick op den Lukendeckel de linke Hand aff un smet de mit de rechte in' groten Bogen no de Pier röber! Denn full he in Ohnmacht. Sien Hand weer he los, ober dat Geschäft har he gewunnen! – So hett de oole ingelsche Kaptain mi dat vertellt. Un hüt noch is de Schoßteenmark vun de Reederee en rode Hand.

SEIL-ÜNNERICHT

Kannst' all de hübschen Seilschepen op de Alster sehn? Muchst' ook mol seiln? Versteihst' nix vun? Is ganz eenfach, blot könen mußt' dat. Nu heur to! Lüttjes Boot liggt an' Steg. Hett 'n Mastboom un man een Seil, en Luggerseil. Ünnen is dat Seil an den Grotboom antütert, boben an de schräge Gaffel. De Gaffel kannst' mit'n Tau, dat Fall, hochtrecken, mußt dien Schipp ober so henleggen, datt de Wind vun vörn kummt, anners geihst glieks koppheister. Nu geiht' los! Vorsichtig schuwst' de Jull' vörn vun Steg aff, achter mußt dat mit de Hand noch'n beten fastholln. Nu kannst' losloten! Mit'n mol is dien Seil prall vull Wind, un dat Schipp bruust aff, liggt ganz scheef, mußt die fix op de hoge Kant setten un gau de Schot inholn, dat lange Tau achtern an' Grotboom. Stüern mußt' mit de Ro'rpinn. Leggt de Boot sik ümmer scheeber, datt du denkst, du smietst üm, mußt' de Pinn' en beten vun di weg schuben, denn steiht de Mast wedder grod'. Steiht he so grod', datt dat Seil flattert, mußt de Pinn' wedder 'n beten no di 'ranholen. Wullt du ümdreihn, dormit du nich Hotel Atlantic in Klump fohrst, giffst du de Pinn' en deftigen Schöw und settst di fix op de anner Siet. Nu liggt dat Schipp op'n annern Bug un bruust no Harvestehud' röber. Junge, wat'n Spoß! Kummt de Wind vun achtern, is't an eenfachsten. Lettst Boom un Schot ganz rut un kannst Piep smeuken. Bie Gewitterstorm mußt die scheun an dien Schipp fastholln un en beten Geduld hebben. No'n Veddelstünn kummt de Alsterpolizei un fischt die wedder rut.

WOCHENENDHUS

Wochenendhuus is fein. Hest keen? Mußt di mol een anschaffen. Gifft jo Gelegenheiten. Hest du Geld, Postkort genügt. No dree Dog' kummt dien Fardighuus anrullt, un annern Dag all steiht dat genau op den Placken, wo du dat henhebben wullt, an' Ostseestrand, in de Heid' oder in den greunen, greunen Wald. Hest du man wenig Geld, denn koffst' di op Affbruch 'n oole Boobod' to foftig Demark, un mit'n beten Fantasie un Arbeit verwannelst' de in dat herrlichste Wochenendhuus vun de Welt, mit Stuv' un Kök und Glasveranda un womeuglich Zementterass'. O, wat scheun is dat eenfache Wochenendleben, direkt an de breede Bost vun uns' leebe gode Modder Natur! Morgens geiht de Sünn' op, un obends – geiht se ünner, bruukst blot totokieken. De Lerchen türüleert, de Grashüppers singt, un de bunten Botterlickers gaukelt un schaukelt di vor de Nees. Wat? Keen Elektrisch? Petrolium! Wo gemütlich is doch so'n oole Petroliumlamp ut Grotmodders Tieden! Keen Drinkwoter? Twee dicke Regentünnen! Un no dat nächste Gewitter hest du öberleidig genog Woter to'n Kaffeekoken un Rumgrogmoken. Smeck mol! Keen beten no Chlorkalk as in Hamborg. Wat seggst du? Mückenplog'? Jo, dor mußt di mit affinnen! Irgendwat mutt de Minsch jo hebben, wo he sick so richtig und vun Hatten över argern kann. Anners ward dat Leben langwielig. Sogar in't Wochenendhuus.

SCHIPPSBEWEGUNGEN

«Wenn du mi frogen deist», sä' de ool Krissel Harms, «wat ick an leevsten un jümmer toerst in de Zeitung lesen do, denn segg ick: Schippsbewegungen. Denn worüm? Is jo so spannend un direkt opregend! All de groten un langen Reisen vun uns Schepen kannst dor in Gedanken mitmoken. To'n Biespeel MS ‹Transquebec› vun de Poseidon-Linie, de is nu wedder op'n Weg no Montreal in Kanada. Oder de sneewitten Bananenkrüzers von Laeisz, vun Bruns un vun de Horn, de drievt sick twüschen de Inseln in de West-Indies rüm, un welk sünd grod' in Panama oder all wieder in Guayaquil in Ecuador op de Jagd no de seuten Bananes. Wohen wüllt wi denn gau noch mol reisen? Smiet de Lienen los un kumm mit! Mit'n Hansa-Damper no de Far East? Mit'n Hamborg-Süd 'er no Rio un Bonnis-Aires? Mit'n Rickmers no Wladiwostock? Oder mit een vun de groten Tänkers vun de Esso, de Shell oder de Bi-Pi oder Essberger no Lavera, Aruba un Puerto Miranda? Könt ook mit'n HAPAG-Damper en beten no New York fohrn. Oder ganz bescheiden mit'n flinken Gehrkens-Frachter no Stockholm un heuger rop no Finnland. Reisen över Reisen rund üm de ganze Welt, mit Scheunwetter un Storm, in glatte un in ruuge See, dörch Tropennachten un twüschen Iesbargen dörch. Stieg' in un kumm mit! Koffern brukst nich to packen! Kossen deit dat nix! Bruukst blot'n lüttje halbe Stünn ‹Schippsbewegungen› to lesen.»

DE EEKBOOM

Dat sünd nu fofftein Johr her, dor hett Ariadne, wat mien Froo is, in uns' Gor'n den Eekboom plant. Dat heet, en Boom wär dat dormols noch nich, blot'n vegetobiln Anfänger ut Wottel un twee Bläd', twee Toll hoch, ober datt dat richtige Eekenbläd' wärn, dat kunn jedereen sehn. Wi hefft jo nich ganz fast dor an gläuvt, datt ut dat lüttje Plantenwesen mol'n Eekboom ward, ober, Se mögen dat gläuven oder nich, dat hett sick richtig hocharbeit', de Stamm is nu teihn Zentimeter dick, de Kron' hett soss Meter in' Umfang, un de Heuchte is got un gern fief Meter, de dütsche Eek is fardig. Un doch wär ick mit uns Erfolg jümmer nich ganz tofreeden. An uns Eeekboom wussen keen Eekeln! «Nee», sä' ick to mien Ariadne, «mit uns' Eekboom is dat nix, de is unfruchtbor, an en gesunnen Eekboom möt ook Eekeln wassen, anders is dat'n notürliche Fehlkonstrukschon.» Un nu stell di vor: Anfang Julimond kiek ick uns Eekboom an, un wat seh ick? Överall twüschen de jungen Eekenbrüche, ganz lüttje Eekelkinder, to twee un to dreen bienanner! Nu sünd se all prall un grot. «Sühst woll», sä Ariadne, «dien Eek is ut de Kinnerjohrn rut un nu richtig mannbor. Duert all sien Tiet, jüst as bie de Froonslüd.» – «Oha», sä ick, «meenst wat uns Eekboom en Deern is?» – «Klor», sä Ariadne, «Eeken sünd weiblich, op hochdütsch heet dat jo *die* Eiche.»

OLTWIEBERSOMMER

Worüm dat Oltwiebersommer heeten deit, heff ick eegentlich nie so richtig begrepen. Nu bün'ck dor ober achter kamen. Disse ganze Woch' har'n wi jo morgens Nebel, ober achter un öber den Nebel weer de warme Septembersünn', un de ehr Strohln vermengeleern sick mit den Nebel, un de Luft weer ganz perdelmutterbunt. In uns' Kruutgor'n achter't Huus ober har'n sick all de Büsch', Stickbeern und Hannsbeern un ook de beiden lütten Appelbäum in putzige ole Froonslüd verwannelt mit sülberne Hoor ünner griese Sleier, de in den lütten Morgenwind verlorn hen un her weihn. Dor stünnen se nu un steken de oln Köpp tosomen, 'n beten verklomt un verfrorn, un wenn ok keen Ton to heurn weer, so kunn een doch meist gläuven, as tuscheln se mit'nanner, as verteIln se sick lüttje Geschichten ut ehr langet Leben, lustige un trurige, vun Leed un vun Glück. Denn mit'nmol keem en frische Bris', de Nebel weer weg, de helle Sünnschien leg' sick warm öber den ganzen Gor'n, un in' Oogenblick weern de oln lütten Hutzelwieber wedder Stickbeern- un Hannesbeernbüsch'. Blot noch'n poor Sülberhoor weihten dörch de Luft. Oltwiebersommer.

DAT FREETIETHEMD

Freetiethemd is scheun! Keen stieven Krogen, keen Slips, keen Handmanschettenknöp'! All'ns so wunnerbor lescheer! Jo, ober'n nee' Freetiethemd, dat's so'n Sok! Erstmol stickt dat in so'n moderne transparamente Plastiktüt', de keen Ingang un keen Utgang hett. Na, dor liggt Modder ehr Kantüffelschellmetz, ratsch, de Tüt' is opslitzt, un dat Freetiethemd kummt nu erst richtig to Welt. Oha, dor weer doch woll noch so'n beten Kantüffelschell an dat dummerhaftige Metz. Lütten brunn' Placken, na, dat is achtern ganz ünnen, süht jo keener, kannst dat nee'e Freetiethemd geruhig antrecken. Geiht ober nich. Dor is irgendwo'n Knöpnodel. De mußt erstmol ruttrecken. Un denn is dor noch'n Knöpnodel un denn noch een un noch een, överall sünd so'ne blanken lütten Knöpnodeln, ober listig verstoken an de unwohrschienlichsten Stelln. Na, toletzt hest se all funn', söbenuntwintig Stück tellst du. Nu brukst blot noch den innerlichen groten Pappdeckel ruttotrecken, un denn kannst dien Freetiethemd antrecken. Erst mußt notürlich den böbersten Krogenknopp opmoken. Geiht ober nich! Du fummelst un fummelst. Och, dor is jo so'n sinnigen Zellophonlasching över den Krogenknopp hokt, de mutt weg. So, nu geiht' över'n Kopp un fardig! Nee, irgendwat stimmt nich. Kiek, dor is noch'n smalln Pappstriepen ünnern Hemdkrogen. Noch mol uttrecken un weg mit dat Pappdings. Ober nu is ook all'ns klor! Heuchstens, datt du twee Stünn' später mit'n mol «aua» segst. Un denn pulst' di heemlich un ünopfällig de achtuntwintigste un allerletzte Knöpnodel ut de Kehrsiet vun dien allerwerteste Freetietperseunlichkeit.

«SE-E-E-MANN!»

In den lütten Holger sien Vadder sien Gastwirtschaft steiht nu ook'n Mjusikbox. Fortschritt mutt jo sien, un mit Musik geiht dat Geschäft beter. Holger is erst fief Johr, ober sien besten Fründ is Kuddel, de is soßtig, un vun de soßtig hett he meist veerdig to See fohrt as Heizer bie de «Hansa» und de «Ostafriko» un bie «Rickmers» no de Far East, so heet bie de Seelüd Ostasien. Kuddel hett leider'n Unfall hatt un kann nich mehr no See to. He helpt Holger sien Vadder so'n beten in de Wirtschaft, un twüschendörch vertellt Kuddel lütt Holger vun de wiede See un de Palmenküsten, vun wille Stormreisen un de Millionen Sterne an den dunkelblaun Tropenhimmel in de Nacht. Un wenn he dat vertellt hett, denn swiggt Kuddel un drömt'n ganze Tiet trurig vor sick hen, un Holger kiekt em ganz ängstlich an. Ober nu kummt'n vergneugten Stammgast in de Wirtschaft rin, de seggt: «Hö, Holger, wat kiekst' denn so truurig? Hier hest zwintig Penn', speel man mol op de Mjusikbox!» «Wat för'n Platt' sall ick opleggen?» frogt Holger. «Na, klor», seggt de lustige Gast, «speel man ‹Seemann›.» Un denn intoneert he mit'n gewaltige Taifunstimm': «Se-e-e-mann! Deune Heimat ist das Merrr!» – «Och», seggt Holger, «nehmen Sie doch leeber den ‹Tirolerhut›. «Nanu», wunnert sick de Gast, «gefallt ‹Seemann› die nich? Is doch'n scheunes Leed.» «Jo», seggt Holger, «gefallen deit mi dat, ober immerto sall ick ‹Seemann› speeln, un denn mut Kuddel ümmer weenen.»

NA, DENN PROST!

«Kumm rin», sä' Onkel Erni, «wi mokt uns'n lütten Grog.» Un he stell den Rumbuddel op'n Disch. «Oha», sä' ick, «wat for'n edeln Rum drinkst du! Buddel sogor mit Bast!» – «Och», meen Erni un stell de Groggläs' hen, «ganz geweuhnlichen Rum. De Bast is man Dekoratschon.» – «Süht ober fein ut», sä' ick. «Direkt no de Westindies um so'n böten no Hulahula. Dor drinkt een denn jo ook ganz geern 'n Glas mehr vun.» – «Nee», schimp Onkel un reuhr sien Grog an, «de Bast is Tütelkrom, kann ick mi öber argern! Kiek mol, de Buddel steiht jo ganz scheef op'n Disch! Ünner den Bodden hefft se all de veeln Tampens vun den Bast to en dicken Knütten tosombrüddelt. Kann de Buddel jo nich vernünftig grod' stohn! Wackelt hen un her! Neelich is mi een sogor öber Kopp gohn, un de ganze scheune Rum is öbern Disch un op'n Fotbön loopen. Uns Phylax hett all'ns opslappt. Weer twee Dog' duhn.» – «Wat'n Arger», sä' ich, «ober de Rumkokers gläuvt woll, mit Bast ward mehr Rum drunken as ohne.» – «Stimmt nich», knurr Onkel Erni. «Vergangen Woch' weer Kuddel Quast hier. Hefft uns'n lütten Grog mokt. Mit'n mol schreet Kuddel un har ganz glosige Oogen: ‹Ick heff genog! Mutt ophólln! De Buddel op'n Disch schaukelt mi jo schon vor Oogen!› un weg weer he. Dorbie har'n wi erst fief Grog hatt.» – «I, sowat!» sä' ick. «Na, denn Prost!»

SO'N BENGEL

Hein Pick, uns Flickschoster, is anners jümmer vergneugt un en Optimist. As ick ober letzhen bie em rinkek wegen de scheben Hacken von mien Sünndagssteebel, meuk he'n Gesicht als teihn Dog Regenwetter. «Watt hest denn hatt, Hein?» freug ick. «Arger mit mien Söhn», knurr he. «De dumme Bengel is jo man erst söben un geiht erst siet Ostern no Schol. He is ober bannig plietsch, un as Vadder mutt een jo ook an de Tokunft denken, un ick heff mi dacht, de Jung, de is so klok, an End kann he studeern, an besten op Pastor, dat is'n hogen Beruf un mit de besten Utsichten. Nu mutt ick em de Sok jo so'n beten to Smack moken, denn wenn eener en Loopbohn vor sick hett, denn kann he mit den Start gor nich freuh genog anfangen, meen ick. Segg ick denn jo to em: ‹Karling, du büst 'n ganzen Kloken, hest nich Lust op Herr Pastor to lehrn? Dat is 'n fein Geschäft. Sünndags predigst du in dien Kark. De Kark steiht in en scheunet Dörp in Holsteen oder int Lüneborgsche, un du wohnst in en fein Huus mit soß Stuben, un buten is de Gor'n mit Stickbeern, Kasbeern un Appelbäum. Man blot, du mußt in Schol bannig flietig sien und fix leern. Wat meenst to de Sok?› ‹Jo›, seggt de Bengel, ‹dat mit den Gor'n un de Appelbäum, dat is ganz herrlich. Ober weeßt wat? Dat mokt wi anners, Vadder! Wenn ick grot bin, denn war ick Strotenbohnschaffner und verdeen 'n Barg Geld. Un for all dat Geld lot ick denn di op Pastor studeern. Un Sünndags beseuk ick di denn jümmer op dien Dörpen mit mien Volkswogen.›

DE LANDGANG

Mien Fründ, Käppen Soltwoter, kummt so alle halbe Johr mol no Hamborg, un denn besocht he mi op'n lütten Grog. He fohrt nu meist all foftig Johrn to See un is jümmer glücklich fohrt dörch alle Meerengen un över alle Ündeepen. Dat heet, he is'n fixen Seemann un Navigäter, un sien Reeder kann sick op em verloten. He hett man blot een Eegenort: An Land geiht he nirgends as in Hamborg. Wat he nu mit sien Schipp in Kapstadt liggt oder in Hongkong oder in Vancouver oder sonstwo, he blifft an Bord. «Meine Güte, Soltwoter», heff ick oft to em seggt, «du kummst so wiet rüm in de Welt, un de Welt is so bunt un so scheun, de Minsch kiekt sick, wenn he irgendwo is, doch mol Land un Lüd' an! Worüm geihst du denn keen mol an Land?» «Is nirgends wat los», seggt Soltwoter denn un nimmt 'n lütten Sluck Grog. Ober as he dat letztemol bie mi weer, hett he mi doch fast versproken, butenlands endlich mol an Land to gohn. Vergangen Woch' weer he wedder dor. «Hö, Soltwoter», sä' ick, «wo kummst her?» «San Franzisko», sä' Soltwoter. «Fein», sä' ick «wunnerscheune Stadt, Golden Gate un so, büst an Land west?» «Jo.» «Kiek eener an! Wat hest mokt an Land?» «An de Kai den Deepgang von mien Schipp afflest», sä Soltwoter und reuhr' sien Grog üm.

SEILERS

Nu sünd meist all de Hamborger Sportseilers von jümehr grote Urlaubsreis' wedder torüch. Den ganzen Julimond öber hefft se Scheunwetter hatt op de Unnerelv' un in Nord- un Ostsee. An leevsten weern se mit de lichte Sommerbris' glieks no Ameriko dörchseilt, ober dat güng jo nu doch nich, denn een kann nie weten, ut welke Eck' de Wind op de Rückreis' weiht. Un wer dor an to rechte Tiet dacht hett, de hett klok hannelt. Denn vergangen Woch' weer öberall in't Revier viellicht wat los! Een Dunnerwetter un Wolkenbruch leus dat annere aff. De Gewitterboen jogten öber de Elv' as de willn Höllnhunn', un vor luuder Regen kunn een meist keen Hand vor Oogen sehn. Un dor seten se nu, de jungen und ooln Seilers, merden in den Hexenketel, un öberall keen Ankerplatz un keen Nothoben. Har'n se ook keen Tiet to, denn de Urlaub weer to En' un no Huus mussen se. Oiltüch harn se jo, ober dat Woter löp jem boben in' Krogen un ünnen ut de Büxenben wedder rut. Mok nix! Hauptsok', datt se in den Kohstorm nich ünnersneeden un koppheister güngen, denn se weern ganz alleen, un keen Füerwehr un keen Peterwogen kunn helpen. Hefft denn jo dat Grotseil borgen un vor de Fock noch fleegende Fohrt mokt. Uns' Antje, veerteihn Johr, weer ook dorbie. Güstern obend is se ankommen, klöternatt. «O Antje», sä' ick, «gode Reis' hat?» «Ganz herrlich», sä' Antje.

BUERNSORGEN

Da ward in de Stadt jo veel schimpt över de Buern. Greu'n Plon, Supvenschion un all dat. Ober dat mutt mol seggt warn, de Buern hefft dat nich ganz licht. Ick seh den Buern jo ok so'n beten, dat heet, ick heff'n lütt Stück Land buten de Stadt, un ick gläuv, vor luder landwirtschaftliche Sorgen krieg ick noch mol'n Herzinfarkt. Kiekst du in't Freujohr dat Land an, denn stellst du fast, dat de Karnickeln de mehrsten jungen Appelböm affbast hefft. Kannst de dreugen Dinger man rutrieten. Vun dien wunderbor'n Rosenbüsch is de een Hälft half un de anner Hälft ganz verfrorn. Na, 'npoor Büsch quält sick dörch, ober denn komt de Blattlüs und freet sick dick un duhn an dat beten Greun. Un denn komt de rode Spinn und de swatte Spinn un de Rosentriebbohrer un wer wet noch wat for Veehtüch. Natürlich geihst du mit de moderne Chemie dorgegn an, ober över Nacht sind de Ossen von nebenan dörch dien Tuun brooken un hefft allns affreeten, wat greun is; blot den Koppsalot nich, den harn de Snecken all wegputzt. Gele Wotteln, Porree un Sellerie holt sick de Weuhlmüs vun ünnen. Un rode Grütt gifft dat dit Johr nich, de Hansbeern un Himbeern hefft de Spreen vernascht. Oogenblicklich bin ick in koolen Krieg mit de Raupen. Dorvon heff ick treeundsoßtig Rassen. Ob ick nu ook mol wegn so'n seute, lütte Subvenschion inkommen kann?

SÜNNENBLOMEN

Nu bleuht se wedder överall, de Sünnenblomen. Kiekt över'n Tuun un över de Hecken, eene jümmer heuger un geeler as de anner. In unsen Gor'n steiht een, de is mehr as veer Meter hoch, de Steel is dick as'n Arm, un hoch boben de Blöd' is so grot as Modder ehr Waschschöttel. So'n Sünnenblom', meen ick, is dat reine Wunnerwark. Poor Monat' is dat erst her, datt dat lüttje bruune Saatkorn in de Er' komen is, ganz an de Kant in' Gor'n, wo anners kuum wat wassen will. Hett sich wieder keen üm kümmert. Passeer ook'n ganze Tiet lang nix. Denn ober weer mit'n mol disse hellgreune dünne Stengel dor, mit so'n sonboren lütten Bläderstern an de Spitz. Un füng an to wassen, heugerop, jümmer heugerop no de Sünn' hento, de dor alle Morgen wedder nee an'n Heben hüng, männichmol achter Wulken un Dunst, denn ober jümmer wedder warm un geel un vull vun Glanz un Herrlichkeit. De junge Sünnenblomenplant weer so verleevt in de Sünn', datt se ehr den ganzen Dag över ankeek, un se wünsch' nix mehr, as so to warn as de Sünn' sülben. Un ann' Enn' schaff' se dat: een' Morgen sät op ehr böberste Spitz' dat genaue Affbildnis von de leebe Sünn' mit ehr'n goldgeelen Strohlnkranz un lach' und glänz' un schien' hoch un warm över all' de annern Blomen in' Gor'n. Sowat kann war'n ut'n lütt Saatkorn, wenn dor'n fasten Glooben insitt un'n ieser'n Sünnenblomenwilln.

LETZTE WÖR

«Tja», vertell Harm Horn, «de olle Korl Wolters is nu ook dot bleeben. He weer de Öllste in uns Oolenheim. Tweeunneegentig. Wat em fehlt hätt? Och, wieder nix. Wi säten noch ganz gemütlich op de Bank vor Dör, Hein Dummel, Korl Wolters un ick, un klönten en beten. Un denn seggt Korl mit'n mol: ‹Tjä. Dat is sowiet! Dat geiht to En'n! Na, is jo denn woll got so.› Un dormit kreeg he ganz glückselige Oogen. ‹Och wat›, seggt Hein denn jo, ‹wat tütelst du? Di fehlt doch nix! Büst kerngesund un kickst ganz poppenlustig un vergneugt! Un snackst hier vun' Dod un Starben! Du levt noch teihn Johr un warst hunnerttwee!› Ober Kuddel schüttelt sien griesen Kopp: ‹Nee, nee! Tweeunnegentig bün ick. Dat ist 'nog. Und nu ist' all! Un ick kann mi högen!› ‹Wat?› segg ick, ‹du snackst hier vun Afkratzen un Dotblieven! Dor öber kann een sick doch nich högen!› ‹Womeuglich›, sä' Hein Dummel, ‹womeuglich högt he sick, wat he nu bald in't Paradies kummt, bie free Kost un Logis, un denn sien ganze Rente for sick alleen beholn kann.› ‹Jo›, lächel oll Kuddel, ‹dat ook. Ober an mehrsten frei ick mi, datt ich nich all vor twintig Johrn dortbleeben bün.› ‹Och wat›, seggt Hein wedder, ‹beten freuher oder loter is doch egol. Vor twintig Johrn weerst du tweeunsöbentig. Ook'n scheunet Oller!› ‹Woll wohr›, flüster Kuddel. ‹Ober, wenn ich vor twintig Johrn all dotbleeben weer, denn har ich doch de lütten Miniröck un düsse seuten Pantys nich mehr mitkreegen!› Dat weern sien letzten Wör.»

STINE

Wenn in de ooln Tieden in en sogenannte betere Familie wat Lütts an käm, denn käm to glieke Tiet ok'n Amm' in't Huus. De Unkel Doktor har faststellt, datt Madam' sülben dat Neegeborne nich satt moken kunn. Ober dat gäv ja op'n Dörpen rund um Hamborg genog ledige Moddern, de glücklich weern, wenn se vor den dummerhaftigen Dörpklatsch weglopen un in dat grote Hamborg in en ehrbore Stellung Brot un Ünnerkunft finnen kunnen. Dat eegene Kind meuk Oma denn wohl nebenbie mit de Buddel satt. Ick weet, datt ick sülben ook'n Amm' hatt heff. An mien Säuglingsverhältnis to ehr kann'ck mi notürlich nich erinnern, ober ick weet, dat se Gesa heeten hett un mi bit to mien twolften Lebensjohr to mien Geburtsdag allemol en Kist Ollanner Appeln schickt hett. Genau besinnen kann'ck mi ober op mien jüngste Süster Trudel ehr Amm'. De heet Stine un weer ut Estebrügg. Ick weer grod fief Johr worn, as Süster Trudel to Welt un Stine in't Hus keum. Un ick will dat man togeben: Stine weer mien allererste Liebe. Se weer so drall un scheun un säh mit ehr roden Backen un ehr stärktet Kattunkleed jümmer ut as frisch afseept. An scheunsten ober lett ehr de breede schottsche Schärp, de ehr achtern vun' Kopp öber'n Rügg hendol bit op de Hacken hüng. Ehr Scheuh weern swatt, un ehr Strümp weern witt. Ober mit de Schärp wär se no mien Meenung en richtige Keunigsdochter. Nomeddags güngen wi in de Wallanlogen an' Stintfang, Stine mit Trudel in' Kinnerwogen, ick mit Leo, wat uns grot Doggenhund weer. Ick muß Leo an' Halsband got fastholln, he weer bannig scharp. Op de Bank in de Anlogen öbern Stadtgroben kreeg lütt Trudel vun Stine to drinken. Dat weer as de Jungfroo Maria mit dat Gotteskind. Ober denn grölten mit'n mol twee Hobenleuwen freche Wörter. Stine keek keuniglich vor sick hen, un ick sä' liesen: «Paß op, Leo!» Leo knurr, stemm de Vörderpranken in un wies all sien gefährlichen Tähn. Dor verdrückten sick de beiden Leuwen vorsichtig. – Jo, Stine. Wat woll ut ehr worn is?

KWANJA

Kwanja is'n Schäperhund. Erst twee Johr, meist noch'n Hunn-Kind. Se is grot un slank, un ehr Fell is jümmer blitzblank. Wenn se nich grod in Matsch speelt hett. Dat kummt leider teemlich often vor. Denn Kwanja ehr Herrchen un Frauchen wohnt in Övelgönne an'n Elvstrand, wo jo leider hüt allerlei Schiet un Dreck rumliggt. Kwanja mokt dat wieder nix ut, se dalbert un jachtert rüm. Wenn se Dost hett, drinkt se Elvwoter. Sall jo nich sehr gesund sien, schod' ehr ober nix. Nu har Kwanja ehr Herrchen in Aprilmond Urlaub. Mit'n Auto no de Insel Sylt. Kwanja mutt jo mit. Överall Woter, so wiet een kieken kann. Veel, veel mehr as to Hus in de Elv! Un so glasklor! Wat dat woll smecken deit? De Brandung pultert op'n Strand. Kwanja sust dor op dol. Nimmt'n deftigen Sluck. Schüttelt sick, snuvt un prust! Wat is dat? All dat scheune, veele, glasklore Woter kann een nich drinken! Kwanja versocht dat noch mol an en anner Stell. Dat sülbige! Brandsolt! Bitte! Nich to geneten! Dor kummt Frauchen. Kwanja kickt ehr an mit'n vernichtenden Blick. Op'n Dod beleidigt! Frauchen hett schuld! De Supp har se neelich ook all versolten. Un nu all dit scheune, keuhle, glasklore Woter!

BIEN DROGISTEN

«Nee», sä' de Drogistin achter de Tonbank, «de Welt ward ümmer verrückter. Kinner un Öllern verstoht sick nich mehr. Vadder un Modder schimpt op de langen Hoor von de Jungs un de Miniröck un Hot Pants vun de Deerns. Ober de Kinner dot, wat se wüllt, hefft jümehr eegen Döskopp un seggt, Vadder un Modder sünd Muffels. Wat sall dor blot noch vun warn!» «Jo», sä' een vun de fief Kundinnen, «dat kummt all'ns vun de antiautoritatäre Opzucht vun de Kinner! Kann doch nich gotgohn!» «Heurn Se mol to, miene Damens», sä' de Drogistin, «wat ick hüt morgen belevt heff, ischo kum to gläuben. Eben har'ck den Loden opmokt, kummt Froo Butenkrink, de ut de Bachstrot. Se kennen ehr woll, de kummt also rin un vertellt mi ganz opgeregt: Mien Mann is jo ganz bannig gegen de Bietelköpp vun de Jungs un fünsch op uns Siegfried. Wenn du di nu nich bald de Hoor snieden letts, seggt he to Siegfried, denn passert wat! Och, Vadder, seggt de Bengel, ick bün nu soßtein un kann mit mien eegen Kopp moken, wat ick will. – Dat schaßt du woll gewohr warn, schreet mien Mann. Un wat meenen Se woll? As Siegfried obends slopen deiht, geiht sien Vadder hen un snitt em mit mien grot Sniederscher ratzekohl de Prük aff! Na, Siegfried kiekt jo'n annern Morgen bannig suer in' Speegel. Seggt ober nix. Mi weer direkt unheemlich. Ober mien Mann sä': Sühst woll, fast dörchgriepen, dat is neudig. Und dormit holt he sick sien besten sünndogschen Antogg ut'n Kleederschrank, wiel Konferenz is. Grod will he in de Büx stiegen, dor ward sien Näs ganz blaß. Hett doch de entfamtige Jung heemlich över Nacht vun de gode Büx dat linke Been afsneden! Wat seggen Se nu?»

DE MINIPARK

Mien Vadderhus stünn an de Vorsetten. No vörn hento wär de wiede Hamborger Hoben, achtern wär so'n Ort Gängevertel, en Gewirr vun lange Achterhöf' un Hüttenreegen. Ober twischen uns Achterhus und dat Gängevertel wär noch wat, nämlich dat Paradies, uns Husgor'n, en wunnerbore Anlog'! Dat wär denn so'n Ort Minipark. Ober wat gäv dat dor nich all'ns! Gliek links vun de achterliche Husdör wär uns Sandkist, de sogor'n Dack har, so datt wi Kinner ook bi Regen dor in speeln kunnen. In de Südwesteck vun dat Rechteck wär de Heuhnerstall mit soß echt italiensche Heuhner un en Hohn, de herrlich kreihn kunn. In de Nordosteck stünn de Loov, an de ehr holten Lattenwark sick sommers de roden Füerbohnen hochrangelten. An dat Enn vun den Minipark wär en grote Waschbalje vull Woter in den Bodden ingroben, dor swemmen twee seute bunte Aanten op. Vun dat Gängevertel wär uns Paradies afgrenzt mit en swatte Teerplank. In't Freujohr bleuh an de Plank en Spalier vun twee fruchtbore Suerkirschenbäum, märchenhaft antosehn. Ook sünst gäv dat jümmer wedder botonsche Sensatschonen. Mol entwickel sick irgendwo en Greungewächs vun phantastische Formen. Keener kenn dat. Dicke Stengel, graugreun Blattwark. Een Dag Blödenglocken, witt un binnen rod. Wat wär dat? En Kaffeeboom oder Teestruk? Oder sullen dor viellicht Bananen an wassen? Wi plegten dat Unikum jeden Dag mit de Geetkann' un platzen meist vor Erwartung. Bit een Dag Trino, uns nee'e Köksch, mol in uns Park käm und uns Rarität to Gesicht kreeg. «Is'n Kantüffel», sä' Trino. Se wär ut Ossenwarder.

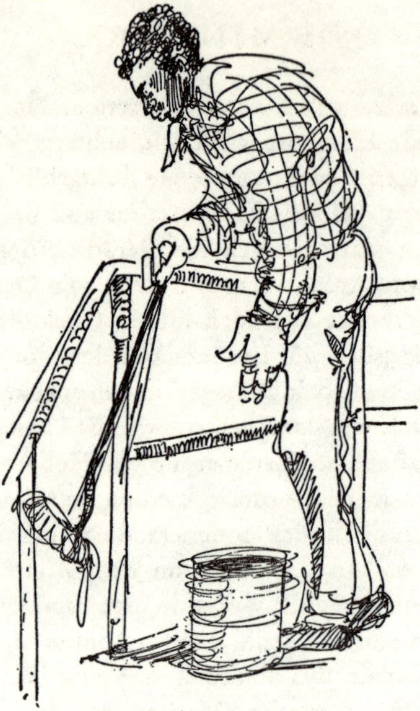

BEN OWUSU

Sien vullständige Nomen is Ben Owusu Domena, oder an Bord röpt se en blot Ben, un wenn Kaptein oder Stüermann em röpt, denn kummt Ben as de Blitz und lacht mit all sien persilwitten Tähn: Ben is'n jungen Aschantiswatten ut Ghana un fohrt op dat Hamborger Küstenmotorschipp «Alster 2» as Matros' nu all över twee Johrn no See to. De Kaptein is mit Ben sehr tofreeden, en betern Decksarbeiter hett he noch nich hat. Un Ben is jümmers vergneugt, wat dat nu Müs' un Rotten weiht un M. S. »Alster 2« meist op'n Kopp steiht oder Hunn un Katten regent. Ben Owusu lacht blot un socht sien Arbeit sülben un find' ook jümmer welk. He holt meist alleen dat ganze Schipp sauber. De Mannschaft besteiht jo man ut söben

Mann. Eegentlich sullen dat acht sien, ober Ben arbeit' jo for twee! Un he kann nich blot Ingilsch, sonnern ook all recht got Dütsch snacken un lesen un schriewen. Jeden freen Oogenblick stickt he de Nees in sien Lehrbook! Eegentlich arbeit' Ben nich blot for twee, sonnern for dree oder veer oder noch mehr. Dat is nämlich so, datt Ben Owusu sien ganze Monatshüer, un dat sünd blanke achthundert Mark, an sienen Broder Bill Uwoso in Kiel schikken deit, de genauso swatt is as he, ober en Medizin-Student op de Kieler Universität. De kann denn jo nu sorgenlos leern un studeern un brukt de achthunnert lang nich. Den Rest schickt he an Vadder un Modder un wiedere Breuder un Swestern in Accra, wat de Hauptstadt vun Ghana is. Ben Owusu brukt jo keen Geld, Kost un Logis hett he free, un for'n poor Öberstünnen kann he hier un dor ook mol'n Glas Beer drinken. Un wenn Broder Billi sien Medizindoktor in de Tasch hett, denn sall Ben mit dat Studeern anfangen. He will geern «Forschungsprofessor for mittelafrikansche Negerdialekte« warn. Broder Bill fohrt denn as Schippsarzt un schickt em sien Hüer. – Disse Geschicht heurt sick lögenhaft an un is doch wohr, denn de Stüermann vun M. S. «Alster 2» hett se mi sülben vertellt. Wenn ick ober länger öber de beiden swatten Breuder nodenk, kumm ick mi teemlich ünnerentwickelt vor.

DAT TINTENFATT

Een Froo koft sick in'n Bückelloden 'n Schellfisch. Scheun frisch. «Afschuppen?» frogt de Fischhändler. «Man to!» seggt de Froo. Rrrrrrr . . . schmirgel de Afschuppmaschin los. Praktisch. «Kopp af?» «Klor! Ischo doch man all 'ns Affall.» Wo sall een hüt blot mit so'n Krom as Fischaffall hen? Keen Kökenherd! Keen Kacheloben! Fernheizung! So denn in'n Aschammer. Dorin stänkert de dodige Fischkopp erstmal acht Dog rüm. Nich scheun! Ober wat wullt moken? Na jo, Recht hett de Froo. Is ober doch eegentlich schod', datt nu öberhaupt keen Fischköpp mehr op'n Disch kummt. Denn jede richtige Fischeeter weet, datt de Schellfisch dat allerbeste un allerdelikootste Fleesch in'n Kopp hett. Dorum kreeg in freuhere Tieden, wenn dat Schellfisch gäv, dat Familienoberhaupt jümmer de Koppstücken. Wär jo'n teemliche Puhleree. Lohn sick ober! Un denn käm de grote Oogenblick mit dat Tintenfatt. Op Vadder sien Teller weern blot noch de letzten trurigen Grodenreste. Kum to gläuben, datt dat ook dittmol klappen dä mit dat Tintenfatt. De Kinner rund um den Disch keeken vull vun Neeschier. Vadder puhl un puhl mit Geduld un Perfekschon an den Rest vun den Fischkopp. De Kinner holln vor luder Spannung de Luft an. Un nu! Dor stunn dat Tintenfatt! Sauber, hübsch un kunstvull. De Kinner klatschten in de Hann vor Vergneugen, un de ganze lüttje Jörni schree: «De Schrievfedder, un nu noch de Schrievfedder, Vadder!» De Schrievfedder stäk vörn in't Tintenfatt. Mit'n lütten Ruck treckt Vadder ehr vorsichtig rut: Fedderholler un Fedder, sauber opspalt' un bögsom as'n Stohlfedder. Een Wunnerwark! Un allemol wedder en Belevnis for Jungs un Deerns. Ober hüttodogs kummt jo keen Schellfischköpp mehr op'n Disch.

HOCHSOMMERTIET

Wat'n Hitt! Döttig Grod in' Schatten! Meist nich uttoholln! Na jo, wi hefft dor jo lang genog acheran jammert in den verregenten Junimond und drofft nu eegentlich ook nich quarken. Is eben Hochsommer, wo een dat sotoseggen verlangt sien kann, datt de Sünn mol 'n poor Weeken so richtig op uns dolknallt. Wenn de Auto-Explosion man nich wär'! Dat is dat Problem. De Strotenmief is bie normale Temperatur all slimm nog. Ober nu, in' gekokten Tostand un duppelt vergost, is he direkt'n veritoble Tortur for de minschlichen Luftwege. Is jo ober woll nix gegen to moken. In de oolen Tieden, mol seggen, in de neegentiger Johrn, gäv dat notürlich ook de Hochsommerhitt. Ober denn käm de rode Sprengwogen, trudel dörch alle Stroten un spreng sien Woter in' breeden Fächer över den Fohrdamm. Jümmer teihn, twintig Jungs un Deerns mit barfte Been mit Hurroh acheran. Junge, wat'n Vergneugen un wat for'n Labsal! Mokt nix, datt Jack un Büx un Kleed un Schört in' Oogenblick klöternatt weern! Dreugt an't Liev! Un Modder markt nix. Op jeden Fall wär de knallrode Sprengwogen mit sien gemütlichen dicken Appelschimmel en grote soziolhygienische Deenstleistung vun de hochverehrte hanseotsche Obrigkeit. Hüt is sowat jo leider nich mehr meuglich. Erstens: Veel to düer! Tweetens: Keen Personol! Drüttens: Keen Platz für Sprengwogen in dat Autogeweuhl! Veertens: Un überhaupt un so. – So denn sünd de füerroden Hamborger Sprengwogens blot noch'n scheune Erinnerung. Beter as gor nix.

HUNNERTDREE

Oll Willem is nu all dreeunachtig, ober noch jümmer fein to Fot. «Minsch, Willem», sä' ick güstern to em, «vor teihn Johrn harst du dat doch all so dull mit de Brontjens un wußt meist all dotblieben. Un nu büst du jümmer noch poppenlustig.» – «Tjä», grien Willem, «du muß weeten, ick heff 'n bannig kloken Dokter, un de hett vor teihn Johrn to mi seggt: «Jü ölln Daddies ward jo nich klok! Smeuken un Grog drinken könt ji nich loten. Un mit de Froonslüd hefft ji ook noch jümmer wat vor. Giff erst mol dat verdreihte Smeuken op! Denn kannst noch teihn Johrn leben!» Na, siet de Tiet smeuk ick nich mehr, un du sühst jo, mien kloken Dokter hett recht hat. Ober nu kummt dat mit den Grog. Veerteihn Dog heff ick nu all keen Grog mehr to Bost nohmen! Ick kann di seggen, dat kummt een hatt an, ober ick heff mien Dokter dat fast in de Hand toseggt, wat ick dat teihn Johrn dörchholln will, un he hett seggt, wenn ick dat so lange dörchholl, denn war ick jo denn dreeunneegentig, wat seggst dorto?» – «Oha, Willem», sä' ick, «dat is 'n scheunet Oller, un denn kannst jo ook de letzten poor Johrn aff un to mol 'n lütten Grog drinken!» – «Gott schall mi bewohrn!» röp oll Willem. «Wenn ick dreeunneegentig bün, denn lot ick dat mit de Froonslüd no, un denn lev ick jo noch mal teihn Johrn un war hunnertdree. Un dat is denn woll genog!»

OPKLÄRUNG

Imme speelt op'n Teppich, mit ehr fief Poppen un ehrn Teddy un ehrn Pudel un ehr tweeuntwintig Autos twüschen Modder ehr Feut. Moder is an't Plätten mit dat elektrische Bügeliesen. Imme ward nu bald veer. Ober denn is dor noch Imme ehr lütt Swester Kirsten, de is nu soss Weken old. Lütt Kirsten liggt in ehr Strampelbüx in ehrn komfortobeln Wäge-wiege-wackel-Stohl un mokt ehr Morgengymnastik. De Stohl is 'n geniolische Erfinnung un en Glanzstück in dat Sortiment vun de moderne Babymeubel-Industrie. He is ut verchromten Edelstohl un besteiht ut en eenzig Stück sinnvoll torechtbogen Gasrohr. He is automotisch. Wenn Kirsten-Baby ruhig slöpt, denn steiht ook de Gymnastikstohl still. Wokt se ober op un fangt an, mit Arm un Been to strampeln, denn fangt ook de Stohl an to schaukeln, un Kirsten quietscht vor Vergneugen. So ook nu. Kirsten strampelt, un Imme kiekt to. Un denn wull Imme mit'n mol vun Modder weeten, wo Kirsten eegentlich herkomen is. Na, Modder is'n moderne junge Froo un verklort Imme jo denn, datt lütt Kirsten toerst in ehrn eegen Liev Wottel slogen hett un denn langsom ranwussen is, bit dat se so grot un kräftig weer, dat man se an de frische Luft loten kunn. Imme begriept dat mit ehrn lütten Kinnerverstand all'ns ganz got. Ober denn seggt se: «Du, Mammi, hat denn Kirsten all die Zeit in dein düstern Bauch wenigstens auch'n bequem' Liegestuhl gehabt?»

SEUTE ANSEGGERSCH

Wat mi in Fernsehn an besten gefalln deit? Tjä, wenn ick ehrlich sien sall, denn mutt ick seggen: De weiblichen Anseggersch! Dorvun gifft dat jo'n ganze Patschon, eene ümmer scheuner as de annere, un to jede stoh ick in en perseunlichet Verhältnis, wenn ick jem ook aff un to mol dörch'nanner krieg, de vun München un vun Bremen un vun Köln un so wieder. Wat de männlichen Anseggers oder Kommentators sünd, de könt mi nich in geringsten opregen, de snackt jo in jümehr feierliche Würde doternst to en Millionengemeenschaft. Den Enkelten as mi ooln Daddi in Hamborg hefft se gor nich op de Tell. Ober de Froonslüd, düsse seuten lütten Zuckerpoppen. Ton Biespeel uns Hamborger Televiseuse. Kum erbleuht ehr dromhaftes Profil op den Bildscherm, denn smitt se mi all'n perseunlichen Blick to, bannig züchtig, ober ook wedder vull Verspeken, un denn seggt se mit'n fleederfarvene Sülberstimme ehrn Vers op, datt di direkt warm in de Hattklappen ward. Un nu all de annern: De Köllnsche Scheunheitsprinzessin, de Stuttgarter Rosenkeunigin, de Frankfurter Kirschenblüte, de Bremer Nordseewoge, de Kieler Fördensünn. Ganz verleevt ober bün ick in Elvira vun Saarbrücken. Un dat weet se ook. Denn, wenn se ehrn Snack to Enn brocht hett, denn plinkert se mi mit dat rechte Oog gau noch mol an un vertreckt den linken Mundwinkel to en seuten lütten Grientje. Un wenn se denn mit gesenkelte Oogen noch seggen mutt: «Dieser Schpielfilm ist für Jugendliche nicht geeignet», denn verspreek ick ehr hoch un heilig, nich hentokieken. Denn se kann jo nich sehn un nich weeten, datt ick all öber tachentig bün.

DE HOLTFRETER

Dat Freuhjohr hett jo lang op sick luern loten», vertell oll Mandus Meier, «ober in mien Schrebergorn is nu mit'n mol doch all'ns greun. Blot de dree Hängeweiden stünnen dreug, trurig un dot an' Grobenrand. Un mien Nahbor sä': ‹Dor is öber Winter de Holtbohrer in togang' west, de ward nich wedder. De hau man aff un mok dor Fürholt vun. Du mußt weeten, for den Holtbohrer is Holt de feinste Delikatesse un direkt en kullinarische Leidenschaft. Un besonnders op Weidenholt is dat Veehtüch scharp as Jandaddel op Lütt un Lütt.› Wat bleev mi öber? Ick heff de dodigen Weiden affhaut un in Stücken sogt. Un richtig weern dor überall in Stamm un Asten so'n Art dicke Raupen, knallrot un mit richtige Gangstergesichter. Kunnst direkt Angst vor kriegen. Harn sick dorch den ganzen Stamm freten un lange Gänge mokt. De Nahbor sä', det weern de Raupen vun en Nachtbotterlecker, ober nu bitt ick di: Is dat noch'n Leben? Dag un Nacht in düstern un nix to freten as jümmerto dreuget Holt un wedder Holt un nochmal Holt! Dat kann doch unmeuglich nohrhaft sien! Un doch sünd de Dinger dick un fett! Un goht in Kampfstellung un kringelt sich fünsch, wenn ick jem mit de Boomsog' to nah kumm. Viellicht ahnt se, datt se toletzt doch noch mol wedder Botterleckers worn wärn, de free dörch frische Luft un sülbern Monschien schaukelt. Wenn ick den Weidenboom nich affhaut har», vertell oll Mandus Meier.

BETEN DOOF

Tante Betti un Unkel Rudi sünd bie Hannes un Jette Grotgrütt op Kaffeebeseuk. In de lütt Wohnstuv is dat urgemütlich. De Kaffeetassen dampt, un de grot Rosinenpuffer, den Jette backt hett, smeckt seut als Himmelsmanna. So lot se sick denn all'ns fein smecken, sogar Grotgrütt ehr lütt Deern Dörte, de sünst man teemlich wat krüsch is, lett sick vun ehrn Vadder een dick Stück Rosinnenkoken no dat anner op'n Teller leggen. Se is all bie dat dritte Stück. «Na», seggt Tante Betti, «du hest ober'n feinen Pappi, de lett di nich hungern.» – «Hungern?» sä' Dörte empört, «de kofft mi sogar jeden Sünndag 'en Ies to veerdig un Salmis un Duerlutschers, un wenn ick dree war, schenk he mi'n Roller mit'n Klingel an.» – «Oha», sä' Tante Betti denn wedder, «dat is ober wahraftig 'n netten Pappi! Weest wat? Den susst du mi man schenken.» – «Ne», sä' lütt Dörte, «den kriggst nich. Denn will'ck sülbst beholln.» – «Och, do dat man, schenk em mi man.» – «Nee! Do ick nich!» – «Ober wenn ick di nu fofftig Penn schenk, lehnst du mi denn dien Pappi op veerteihn Dog?» – «Fofftig Penn», grübelt Dörte, «is got, ober blot op veerteihn Dog.» – «Klor», sä' Tante Betti, un dat Geschäft wör klor. As de Kaffestünn to End un de Beseuk weg weer, sä' lütt Dörte to ehr Modder: «Wat will Tante Betti denn blot mit uns Pappi? Hett doch sülben een! Ober de is woll'n beten doof!»

VAGELVERSTAND

In den Sülbstbedeenungsloden mussen de Froon an de Kass' en Oogenblick teuven. «Lot dat Wetter sien, as das will», sä Froo Klotergössel, «Freuhjohr ward dat doch noch mol, hüt morgen in alle Herrgottsfreuh hett de Bokfink mi all ut'n Bett fleit. Dat is doch eegentlich'n Teeken, datt de Winter nu bald'n End' hett, nich?» «Klor», sä' Fro Plettenkohl, «de Meisen in uns Gor'n sünd ook all in jümehrn Kassen introcken.» «Vergeten Se ehr Wort nich, Froo Plettenkohl», sä' Froo Brommelbrook, «ober wo wi grod vun de Meisen snackt, dor heff ick hüt morgen wat mit belevt. Ick kenn jo wat vun Vageln un besonners vun Meisen. Ick kenn Kohlmeisen, Blaumeisen, Dannenmeisen un Steertmeisen. Ober hüt morgen heff ick'n ganz lütten Vagel sehn, de har en gottsallmächtigen Snauzbort.» «Erlooben Se mol», füll Froo Plettenkohl Froo Brommelbrook in de Red', «dat kann doch nich wohr sien, Vageln hefft doch keen Bort!» «Un öberhaupt, Froo Brommelbrook», sä' Froo Klotergössel, «wenn ehr Vagel 'n Bort hat hett, denn heuchstens 'n Snobelbort. Hunnen hefft Snuten, Vageln hefft Snobels!» «Jo, jo», sä' Froo Brommelbrook nu wedder, «ober heurn Se doch mol to, jedenfalls har mien Vagel en Bort! As so'n richtigen oln Muschkoter. Dorbie säh he ut as'n Blaumeis', ober'n Blaumeis mit Bort, dach ick, dat gifft dat doch nich. Ick weer richtig verbaast! Ober denn keek ick mir üm. Un wat seh ick? Achter op'n Hoff seh ick Froo Klümp-

dook. Un wat deiht Froo Klümpdook? Frau Klümpdook trimmt ehrn Harras, den groten Schäperhund mit Kamm un Boßt, datt de Hoor man so fleegen dot. Un dor kummt ook all wedder mien lütt Meisenvagel, packt sick den Snobel vull vun de langen Hunnenhoor un suust dormit aff!» «Dor pulstert se ehr Eeegenheim mit ut!» rop Froo Klotergössel. «O, wat klok so'n lütten Vagel doch ist!» wunner sich Froo Plettenkohl. «Dat mögen Se woll seggen», sä' Froo Brommelbrook.

SABINE

Stolterjans, Mann un Froo, sünd to'n Schilopen in' Harz fohrt. Op acht Dog. Jümehr lütt Dochter Sabine is so lang' bi Oma in Kost un Logis. «Ischo'n seute Popp», vertellt Oma, «un so plietsch. Se ischo man erst veer, ober se will öber all's Bescheed weten. Wat ehr vor de Oogen kummt. Besonners morgens an' Kaffeedisch. Se frogt un frogt, un ick mutt ehr all'ns genau verklorn. Mol will se weten, wo de Rundstück ut mokt sünd. Ut Mehl, segg ick. Ober nu sall ick seggen, wo dat Mehl herkummt. Ut Weetenkörner, segg ick, de Weeten, de waßt bie'n Buern op'n Felln, de Körner ward to Mehl mohlt vun'n Müller, un ut Mehl backt de Bäcker Rundstück. Hm, Hm, seggt Sabine. Ober denn will se weeten, wo de Marmelod' ut mokt is. Ut Himbeern un Kirschen un Hannsbeern, verklor ick denn jo. De Kirschen waßt op'n Kirschboom, de Himbeern un Hannsbeern op'n Busch. Un ick kok dor denn Marmelod' vun. All'ns, wat wie eten dot, kummt vun de Natur, mußt du weeten, Sabine. Dat waßt all'ns, sogor Kantüffeln, geele Wotteln un Greunkohl un Zibbeln und Peterzill und Tomatens un all sowat, un op'n Appelboom waßt Appeln, op'n Birnboom Birnen, op'n Plummenboom Plummen un op'n Twetschenboom Twetschen un so wieder un so wieder, un nu lot mi endlich mol in Freeden mit dien ewigliche Frogeree, sä' ick meist'n beten fünsch, denn mi güng allmählich de Pust' ut. Sabine wär denn ook jowoll teemlich tofreeden. Denn ober keek se stur un nodenklich de Botterkruk an un sä' langsom: Un op wat for'n Boom waßt de Botter, Omi? Sabine, mien Seute, röp ick, Botter kummt doch nich vun' Boom! Dat gifft doch keen Botterbäum! Und do seggt se doch ganz nipp: Reg' di nich op, Omi. Ick weet all, Botter ward ut de scheunen geelen Botterbloomen mokt! Woto sulln de anners woll dor sien!»

DE GEBORNEN

As Froo Kringel noch nich verheirot' wär, dor hett se noch Frollein Zabbel heeten, Elfriede Zabbel. So denn is Froo Kringel en geborne Zabbel. Ischo klor, denn dat kann jo keen ungeborne Elfriede Zabbel geben. Dat gifft in Hamborg jo ook den »Verein geborener Hamburger«, en sehr verdeenstvulle Korporatschon. Mitglied kann notürlich blot de warn – Mann oder Froo oder Frollein –, de in de Free'e un Hansestadt Hamborg to Welt komen is. Ischo licht to begriepen: As Hein Tüt in de Mattentwiet vor neegentig Johrn dat Licht der Welt to sehn kreeg, dor wär he in den sülbigen Oogenblick nich blot'n minschlichet Lebewesen, sonnern ook all'n sofortigen «gebornen», Hamborger. Nu gift dat in Hamborg jo'n Barg Lüd, de nich in Hamborg to Welt kommen sünd, sonnern viellicht in Keunigsbarg oder in Düsseldörp oder Kassel oder Frankfurt oder sünstwo. Sünd dat nu alltohoop «ungeborne» Hamborger? Kann een sick schlecht vorstelln. Nich? Ober de «Gebornen» hefft nu mol in Hamborg jümmers 'n grote Rull speelt. Wenn to'n Biespeel in de neegentiger Johrn en Madam' vun'n Mittelweg oder vun de Bellewüh mit de Post en Breef kreeg, denn stünn op dat Kuwert: «An Frau Adelheit Pepermühl, wohlgeboren». As Jung sünd mi sonne Kuwerten often to Gesicht komen, un ick weet noch, datt ick dor männigmol über grübelt heff, wat dat «wohlgeboren» woll bedüden kunn. Froo Pepermöhl wär ja all in de Soßtiger, un datt se woll mol geborn wär, datt lett sick ook nich afstrieden. Veel loter erst bün ick dor achter komen, datt de «wohlgebornen» Hamborger Madams wohrhaftig blot in de sogenömte betere Gegend buten Dammtor tu Hus wärn. In dat Nachtjackenvettel vun' Greunen un Roden Soot gäv dat keen «wohlgeborne» Madam's. Ober allerhand richtige Hamborger Deerns un Froonslüd.

BERIESELT

Se seggt jo, freuher wärn de Lüd romantisch, hüt sünd se realistisch. Ick weet ober, wenn wi freuher vun uns Scholmeister'n Fellvull kreegen, dann harn wi dorbie en teemlich realistischet Gefeuhl. Un hüt ward wi doch vun Radio un Fernsehn den ganzen Dag över mit romantische Gefeuhle berieselt. Jümmers bringt op den Bildscherm en wunnerscheune Froo ehr deepsten Gefeuhle musikolisch to Geheur. Sie singt vun Lust un Leed, von Glück und Leev, vun Heimweh un Fernweh. Toerst ganz zart un liesen. Denn en beten luder un dütlicher. Toletzt ober schreet se boben mit en Phonstärke in dat Mikrofon rin, as wenn se ünnen op gleunige Eierbrikett sitt. Geiht direkt an de Niern! Romantik rieselt un rieselt. – Ober eegentlich is de musikolsche Duerberieselung ook nich ganz nee. Klor, freuher harn wie keen Radio un keen Fernsehn. Ober dor gäv dat noch de Kökenleeder. In alle Köken riesel de scheunste Gesang den ganzen Dag, vull vun de innigsten Gefeuhle. As ich so'n Jung vun johrender teihn wär, wär de lüttje Annegret vun Moorborg bie uns Köksch. Jungedi, wat kunn de Deern singen! Un wat wuß se for wunnerbore Leeder! Snacken dä se dörchweg plattdütsch. Singen hochdütsch. Vor de Musik har se veel to veel Respekt un Ehrforcht, dor wär Plattdütsch nich anbrocht! All de Kökenleeder, de Annegret süng, wärn vull vun de openborste Romantik. Veele dorvun heff ick noch in'n Kopp. Ober an mehrsten gefulln hett mi jümmers: «Warum willst du mir denn ganz verlassen?» Annegret süng dat allens mit'n seuten Smelz un innigliche Hengov. Ick mutt opholln! Mi kummt de Tronen! Mol Fernsehn anstelln. Romantik rieselt. Hüt as güstern! Un morgen is Ostern.

SELBSTBEDEENUNG

Ick stünn in de Afthek an' Tresen, mien Rezept in de Hand. De Aftheker bedeen noch 'n junge Froo, un ick muß teuven. Neben mi, an de Kant vun den Tresen, stünn en groten Pappkarton, bit boben hen vull lüttje Afthekerproben in Tuben, Blickschachteln, Glasröhrn, Buddeln un Büteln, genau so dat Vorbild vun de groten Originol-Packungen un so nüdlich trechtmokt as for Liliputoners oder de Poppenstuv'. Dor gäv dat Tähnkreme, Dagkreme, Nachtkreme un Körperkreme, Hoorwoter, Rasierwoter un Duftwoter, Lippensalbe, Schuppensalbe un Snuppensalbe, Puder, Tabletten un Pilln, ober ook Hostenbontjes, suure Drops un seuten Lakritzen. Över all disse Wunnerdrogen ober hüng en Pappschild: ‹Bitte nehmen Sie!› Kiek an, dach ick, dat is modernen Selbstbedeenungs-Kundendeenst. Bruukst nich glieks to käupen, kannst 'n lüttje Prov mitnehmen un erstmol verseuken. Ick wull noch mehr över moderne Werbemethoden nodenken, dor güng mit'n Knall de Lodendör op, un de Afthek wimmelt mit'n mol vun Stücker twintig lüttje Jungs un Deerns. De störten sick mit Lachen und Schreen op den Proben-Kundendeenst, grapschen sick jeder twee Hannvull Tuben, Schacheln und Bütel un suusen dormit wedder rut ut de Dör. «Stopp! Stopp!», schree de Aftheker un wrüng de Hann övern Kopp. Ober de Probenkasten weer all totol leddig un dat Görnvolk all wedder buten. Als letzte stünn en lüttje Deern mit rode Ringellocken in de Dör, lächel seut un holl dat Pappschild hoch: ‹Bitte nehmen Sie!› Denn verswünn ook see. Mitsamt dat Schild.

REKENKUNST

Wi Groten sünd jo dörch uns langjährige Lebenserfohrung bannig klok. De lütten unschulligen Kinner sünd notürlich noch'n beten dummerhaftig. Heini geiht erst dat tweete Johr in de Grundschol, ober dor träneert se all fix op heugere Intelligenz. «Heur mol to, Opa», sä' Heini to mi, «kannst du dat utreken? Eva un Peter sünd tosomen neegenteihn. Ober Eva ist dree Johr öller as Peter. Wie olt is Peter un wie olt ist Eva?» Ick muß denn jo deep nodenken. Wuß ober keen Antwort. Denn so sä' ick: Beide sünd öberhaupt nich olt, sonnern noch ganz, ganz junge Görn. «Tütelkrom!» schree Heini, «du büst doch so klok un weeßt all'ns. Un nu weeßt du nich mol, wie olt Peter un Eva sünd! Kannst dat nich rutkriegen?» «Klor kann ick dat», sä' ick, «ick rop eenfach bi Peter un Eva ehr Modders an un frog jem.» «Geiht nich!» röp Heini, «de hefft beide keen Telefong. Nee, du mußt dat utreken. Wi hefft dat hüt in de Schol je ook utreken mußt.» «Hefft ji dat rutkreegen?» wull ick weten. «All nich, ober de mehrsten. Kannst du dat nich?» «Nee», gäv ick ganz bedrüppelt to, «mit'n besten Will nich.» «Is doch eenfach», belehr Heini mi. «Denk doch no: Tosomen sünd de beiden neegenteihn, ober Eva is dree Johr öller as Peter. Wenn Eva nu dree Johr jünger weer as se is, denn wär se genau so olt as ehr Broder. So dann mußt du erstmol de dree Johrn vun de neegenteihn aftrecken, blievt soßteihn. Soßteihn dörch twee is acht, dat heet, Peter is acht, un wenn sien Swester free Johr öller is, dann is se ölben. Un nu tell mol tosomen: acht un ölben is wieveel?» «Neegenteihn, wohrraftig!» sä' ick verdutzt. «Sühst woll», röp Heini, «nu weeßt du dat. Ober hüt morgen in de Schol harst du'n Soß kreegen!»

DE NOTHELPERS

Peggi is'n lütten Bullnbieter. He bitt tworstens keen Bulln, ober jümmers knippt he uut, rennt no'n Kai röber un balgt sick mit de witten Möwen rüm, de sick dor op de Duckdalben uutroht. Mol ook wedder: Anni, wat Peggi sien «Froochen» is, kunn grod noch sehn, wat Peggi sick in de Fohrt öberkugel un denn weg weer. Vun de Kaimuer dol in de Elv fulln. Anni jo in Dodesangst hen. An de Pier läg'n lütten schwedischen Schuner, un twüschen Muer un Schipp swemm Peggi üm sien lütt Bullnbieterleben. Un keen Nothelper in Sicht. Dat weer all no Fierobend. Anni fangt nu an, mörderlich to schreen, un dor kiekt denn jo op den Schuner twee Schwedenjungs mit strohgeele Hoor ut de Dör vun't Logis. De seht glieks, wat los is un fackelt nich lang'. De een smitt de Motorwinsch an, de anner swingt den sworn Boom ut, schäkelt'n groten Bütel an den Hievdroht, rutscht mitsamt den Bütel öber de Reling, kricht Peggi in' Nacken fot, stoppt em in den Bütel un swevt wedder no boben. Langsom swenkt de Boom mit den Bütel no de Pier röber, un vorsichtig ward de Bütel an Land sett. Genau vor Anni ehr Feut. Peggi nix as ruut un as de Dübel achter de verdreihten Möwen her. «Danke, oh, dankescheun ook recht veelmols!» jubileert Anni beglückt. De beiden Schwedenjungs grient fründlich un winkt ehr lustig to.

FASTMOKERS

So'n April as dissen, mit Nordenwind un Küll un Sneedrieben, den kannst' jo nu all meist nicht mehr mit Humor nehmen. Wenn du ober'n Bontje hest, wo du dicht bie'n angenehme Zentrolheizung hest, denn kannst' glücklich sien. Denk mol an all de annern, de dat nich hefft. To'n Biespeel, de Fastmokers in' Hoben. Den ganzen Winter sünd se in jümehr lütten flinken Motorjolln bie Ies un Snee dörch'n Hoben karjolt und hebt sich dorbie op de warme Freujohrssünn' freit. Un nu? Keen Sünnstrohl in Sicht. Kummt de Damper in Kohwarder oder in' Hansa-Hoben an, denn geiht' je noch. Denn ist een gau mit de Arbeit fardig. Dat kummt ober ook vor, datt dor so'n groten Tänker de Elv rop kummt un pattuh all bie dat grote Oilloger in Stadersand löschen will. Denn helpt dat nich: Twee Fastmokerjolln möt de Elv' hendohl tuckern. Meist twee Stünn' steiht de Stüermann an de Pinn', bie Storm un Regen, bie Snee un Nebel. Denn endlich kannst mit de verklomten Hann' mit de Arbeit anfangen. Dat is'n hatt Brot, ober Fastmokers sünd je dennoch jümmer vergneugt. Un vor Lüd', de ümmerto dicht an de Zenttrolheizung sitt, hefft se gor keen besonnere Hochachtung.

BUDDELKINNER

De Helgolänner Allee in Hamborg kennt jo jedereen. Se slängelt sick in en forschen Swung vun de Landungsbrücken no'n Millerndoor rop. An Backbord un an Stüerbord sünd de herrlichsten Greunanlogen, un wenn du langsom den Fotweg ropklabasterst, kummst di grod jetzt, wo de Birken greun ward, vor as in Thüringer Wald. Mitten in de Grotstadt Hamborg. Woveel oole Hamborgers ober könt sick woll noch an de Tiet erinnern, as de Helgolänner Allee noch gor nich dor un an ehr Stell' de Stadtgroben weer? Dat Woter in den Stadtgroben weer grod' nich kristallklor, ober de Wallanlogen links un rechts weern noch scheuner as hüt, un in de Anlogen scheuben de drallen Hamborger Ammen jümehr Kinnerwogen hen un her. De Ammen harn smucke lüttje Kappen op'n Kopp un an de Kappen breede Schärpen, de jem in herrliche schottsche Farben öbern Rücken bit op de Hakken fülln. – In de neegentiger Johrn hefft se denn den Stadtgroben toschütt, bit op'n ganz lütten Tümpel, un de Helgolänner Allee boot mit de Kersten-Miles-Brück un en breede Fohrstrot. De lütte Tümpel is nu ober ook all lang verswunnen. Un smucke dralle Ammen mit bunte Siedenschärpen gifft dat ook nich mehr. Blot noch Buddelkinner.

MIEN GROTEN BRODER

Wat mien groten Broder iss, dat is'n Universalschenie. As lütten Jung vun acht Johrn kunn he all Vigelin speeln, nich blot «Ach, du leebe Augustin», nee, dat Ave Maria un de Barkerole un sogar Drömeree vun Schumann. As he mit veerteihn to See güng, wunnern de Jantjes sick, wat se forn musikolschen Moses harn. He is denn Stüermann bi de Hapag worn, ober no dat erste Weltunglück, as dat keen dütsche Schepen mehr gäv, füng he'n lütten Hannel mit Manila-Tauwark an, dor verstünn he jo wat vun. Hüt sitt he opt Olendeel, ober sien Musik hett he nich opgeben. He speelt de Bratsche in'n Orchester-Vereen un in fiev, soss Quartetts, dat Hamborger Musikleben kann öberhaupt ohne mien groten Broder Paul nich utkomen. Ober he is ook noch'n Kunstmoler. He molt grote Seilschepen, Veermast-Vullrigger un handige Dreemastbarken vor un bi de Wind, un keen wat vun Seilschepen versteiht, de seggt, keener kann Deepwoterseilers scheuner un genauer molen as mien groten Broder Paul. Notürlich is he ook bie de Cap-Horniers, un wenn he dor sien Gorn spinnt, hört all de ooln Grieskköpp ganz nipp to. He is mit sien achtunsöbentig twee Johr öller as ick un meist'n Kopp gröter. Un so mutt ick jo togeben, datt he wirklich mien groten Broder is.

MAIBÜSCH

Freuher! Jo, freuher gäv dat to Pingsten Maibüsch. An' Pingstsünnobend kämen de Buern mit Perd un Wogen vun alle Sieden no Hamborg, un all de Wogen wärn vull von maigreune Maibüsch. Bedächtig güng de Buer nebenher, un alle twee Minuten gröl he so luut, as he man kunn: «Maibüsch! Maibüsch!» Denn fleugen all de Huusdörn op, un Kinner un Kökschen kämen anlopen un hanneln sick den scheunsten jungen Birkenboom in, en lütten to fofteihn Penn oder 'n groten to dottig, je no de perseunliche Kassenlog'. No'n poor Stünn' weern de Buern jümehr Maibüsch los, un ganz Hamborg wär en maigreune Waldlandschaft. Dat gäv kuum een Balkon, op den nich'n Maibusch in siene ganz freujohrsgreune Herrlichkeit prangen dä, un all de Köminseln, Bulljongskellers un Destillatschonen harn vor de Dörn glieks twee besonners scheune Bäum links un rechts an dat blanke messingsche Gelänner fastbunden, den Fot in en oole Konservendos', de alle twee Stünnen frisch mit Woter opfüllt wür, denn so'n jungen Maibusch wär bannig dostig. No Pingsten hau Vadder den Maibusch mit dat Kökenbiel twei, un Modder kunn op'n Kökenherd dor op Pannkoken backen. Dorüm gifft dat hüt to Pingsten keen Maibüsch mehr. Denn keen Minsch hätt'n Kökenbiel, un Pannkoken backt Modder op'n Elektroherd oder op'n Gasoben.

DE WINDMÖHLEN

Wat uns' Elvlotsen sünd, de möt op de Elv jo bannig Bescheed weeten. All de veelen Füern un Fohrwotertünnen möt se kennen un de Seestroten-Ordnung un denn noch ingelsch, franzeusch, sponisch un kartüffeldänisch. Dat Slimmste ober sünd de Passagiern mit jümehr Frogen. Wat de all so weeten wüllt! Mol, vor veele Johrn, fohrt Lots' Ernst Schacht de Elv' hendol. Mit'n groten Musikdamper. Dat Wetter wär nich slecht, ober twüschen Brokdörp un Scheelenkuln harn se en langsomen Frachter to öberholn, un vun See her käm mit vulle Fohrt 'n dicken Ingelschmann, un dwars öber de Elv drängel sick'n Sleeper mit twee Baggerschuten. Dat wär denn jo, as de Nautikers seggt, en «Situatschon», un Lots' Schacht har alle Oogen un Ohrn vull to don. Un grod in dissen Oogenblick kommt'n Passagier op de Kommandobrück, en öllerhaftige Dom', mit alle meuglichen und unmeuglichen Frogen. Na, Ernst Schacht beholl de Ruh un gäv heuflich Antwurt. Toletzt ober entdeck de Dom' öber Stüerbord an Land twee Windmöhln, wovun de een ehr Flögel rechts rüm un de anner links rümdreih, un nu wull se weten, wo dat denn angohn kunn. Na, dat wuß Lots' Schacht jo nu ook nich so genau, ober ohne Antwurt schull de neeschierige Ohlsch nu doch nich blieben. «Och, Froo Konsul», sä' Ernst, «dat is doch ganz eenfach! De een Möhl, de rechtsrüm dreiht, de mohlt Weeten, de anner, de links rümnudelt, de mohlt Roggen.»

NOVEMBERROSEN

De Novembermond is all half vorbie, ober in' Gor'n bleuht jümmer noch de Rosen. Nich grod' as in't Freujohr, oder doch doar un hier. Mutt een sick öber wunnern! De Nachtens sünd doch all kolt genog west, datt de mehrsten annern Blomen de Lust an't Bleuhn verlorn hefft, bit op'n poor Chrysanthemums, de got in' Windschatten stoht. Chrysanthemums sünd jo ober ook Harvstblomen, de jümmers bit to'n ersten richtigen Frost bleuht. De Rosen ehr Tiet is eegentlich' lang vorbie, un wat doar nu noch bleuhn will, kann een eegentlich leed don. Junge Knubben sünd dor öberleidig genog. Männigmol sitt se an eenen Busch in dicke Dolden. Ober üm de Tokunft vun dit Jungvolk mutt een swatt sehen. Dat beste is, man nimmt de Rosenscher', snitt all'ns ratzekohl aff un bringt de späte Rosenjugend in de winterwarme Wohnstuv, as mien Ariadne, wat mien Froo is, dat mokt hett. En ganzen Armvull Rosentelgen hett se ut'n Gor'n holt un in alle Vasen un sogor Beergläs' verdeelt. «De ward nich mehr», heff ick seggt. Ober Ariadne har de Vasen klok mit Warmwoter füllt, un wat sall ick jo seggen, all de lütten Knuppen, de man eben erst'n lütte rode oder rosa oder geele Tung utstrekken, bleuhten no'n poor Dog op in alle Pracht un Herrlichkeet! Un de Wohnstuv is en bleuhnden Gor'n vull bunte Novemberrosen.

SOSS MONAT

An de Ellerndorsbrück wär de Wienhandlung vun Holst in de ooln Tieden en grot Geschäft. Jedereen, de'n beten op sick höll, de Hamborger Kaffeemoklers, Getreidemoklers un Grundstücksmoklers vun de Uhlenhorst un in Pöseldörp käupen jünmehr Wien bie Holst an de Ellerndorsbrück. Vadder Holst wär bannig stolt op sien Ünnernehmung un rühm sick oft, datt sien Kellereen de grötsten vun ganz Hamborg wärn un sogor in Bremen keeneen mit em kunkurreern kunn. Mol, as sien Froo dat mit de Influenza har, käm ool Dokter Steenmeier to Visite, verschreev Modder Holst Franz Brannwien un drünk achteran in de Wienstuv noch'n lütt Glas Madeira, de wär'n beeten dünn. «So'n Madeira», sä' Vadder Holst, «gifft dat in de ganze Welt nich, ick heff em nu all dottig Johrn in'n Keller. Öberhaupt, mien Wienkeller is'n Hamborger Sehenswürdigkeet, wülln Se sick em nich mol ankieken?» – «Dat kann ick jo denn mol», sä' de oll Dokter un klabaster vorsichtig mit no'n Keller dol. Dor wär jo nu'n wietläufig Gewölbe, wo de Wien in allgewaltige Oxhoften logern dä, Bordeaux und Château un Mosel un Rheinwien un Port un Samos un Malaga und denn de berühmte Madeira.

«Wat meenen Se woll», sä' Vadder Holst, «wenn ick all dissen Wien op eenen Slag verkäupen wull, wat ick dor woll for kriegen dä'?» – «Och», sä' oll Dokter Steenmeier, mit'n scheeben Blick op den Woterhohn an de Wand, «viellicht lüttje soß Monat!»

DE GROTKAPITALIST

Dat wär Hamborger Smuddelwetter, un de Strotenbohn keum un keum nich. Ick wull to rechte Tiet to'n Eeten to Huus sien un wär all 'n böten lot, un denn wull ich mi op de Bank, wo ick 'n lütt Sporbok heff, ook noch 'n böten Geld affholn. Dor wär 'n Taxenstand. «Och watt», dach ich, «kannst ook jo mol den groten Mann markeern un di 'n Taxi leisten.» Un dat dä ick. «Wohen?» freug de Fohrer. «Na», dach' ick, «wenn du all Auto fohrst, kannst di jo ook mol 'n böten opspeeln un den Grotkapitalisten moken», un segg denn so'n böten vun boben dol: «Fohrn Se mi no de un de Bank an' Alt'noer Hauptbohnhoff. Will mi dor 'n böten Geld holn.» – «Weet Bescheed», sä' de Fohrer, «Geld is jümmer richtig.» Un aff bruust wi. In teihn Minuten wär'n wi vor de Bank. «Twee Mark söbentig», sä de Fohrer un lang' mi mien Aktentasch' rut. Ick gäv' em dree Mark un sä' hochmeudig «is got so». – «Besten Dank», sä' he, «un veel Glück, un kiek man to, wat du 'n düchtigen Hümpel mitkrichst un got dormit wegkummst. Ober scheet keen' dot! Anners könt wi beid' dor'n Barg Arger vun hebben!» Un weg wär he. Dor wär'ck denn doch platt! Hett de entfamtige Knecht mi den Grotkapitalisten doch eenfach nicht gläuvt un mi for 'n ganz geweuhnlichen Bankräuber holln!

SO WÄR DAT

Wat seggst du? Hüt is de Hamborger Hoben en springlebenigen Welthoben, ober freuher wär de Gegend vun Sankt Pauli bit Boomwall man en teemlich ehrpusselige un langwielige Küstenstrot? Na, dor bün 'ck ober anner Meening! Leben un Bewegen wär dor öberleidig genog! An 'n Jonas lägen noch de groten Seilschepen mit ehrn himmelhogen Mastenwald, un lang de Vorsetten kribbel un krabbel dat vun dütsche un butenlandsche Jantjes. Kiek, dor lopt 'n ganzen Trupp vun bezoppte Teechinesen in zitrongeele un himmelblaue Jakken. Un nu kummt 'n Rudel swatte Kruboys ut Monrovia un denn wedder 'n ganze Schippmannschaft Arabers mit Turbans un in Ballastbütelbüxen. Ut de Kellerkneipen un annern Köminseln mit de messingblanken Treppengelänners dröhnt maritime Orchestrion-Musik, vun Rolling home bit La Paloma. Meist jeden Dag kummt een von de groten Hapag-Passagierdampers no Kohwarder, de «Augusta Viktoria» oder de «Bulgaria» oder de «Dütschland» oder «Präsedent Grant». De beiden blitzblanken Tenders «Willkommen» un «Kehrwieder» bringt de Passagiern no de Landungsbrücken. Dor sünd all tweehunnert Peerdroschken opfohrt, de Herrschaften stiegt in, un, Kuffer op 'n Bock, aff geiht de Fohrt no Hotel de L'Europe an' Jungfernstieg. Klok soß huult de Warften Fierobend, un Dusende vun Warftgrandis, Schauerlüd', Ketelkloppers, Nietenjungs un Kohlenjumpers strudelt un sprudelt ut Barkassen, Slepers un Jolln an Land, en Strom vun Leben un Bewegen. Un wenn du seggst: «Ober keen een Auto!», deen segg ick: «Stimmt! Gott wees Lov un Dank!»

NU BLEUHT SE

Heff dor jo lang' op luuert, ober nu bleuht se wedder! Un wo dull! De Rosen nämlich. Dat is de reine Pracht! Wenigstens in mien' Gor'n, ober ick gläuv ook annerswo un överall in un rund um Hamborg. So'n goden Rosensummer hefft wi, no mien Meenung, hier boben lang' nich hatt. Dat natte Freujohr hett de Planten fix to'n Wassen opmuntert, in de kolen Nachten sünd de Blattlüs' un dat Spinner- un Rupenvulk de Feut verfrorn, un in de letzten Sünnendog sünd all de Knospen dick un deftig worn. Vergangen Woch' ober sünd se opsprungen, över Nacht un meist all op'n mol: De korallenroden Polyanthas, de riesenblomigen Floribundas, de Kladderrosen, de Parkrosen un de nobeln Teehybriden in alle Farben, een ümmer vornehmer, eleganter un aparter as de anner. En Orgie vun Farv' un Rosenduft! Ganz in de Eck vun' Gor'n ober steiht mien leevsten Rosenbusch, twee Meter hoch un över un över vull vun eenfache lichtrosa Blöden: rosa camina, de geweuhnliche Hundsros', de an jeden Knickweg free un ganz von sülben wassen deit. «Röslein op de Heide». De heff ick mi vor teihn Johrn ut de Lüneborger Heid' mitbrocht.

MILLIONÄR? NEE!

Freuher wull ick jo eegentlich Millionär warn, un en Tiet lang heff ick dor ook op studeert. Ober denn heff ick dacht: Nee! Millionär is nix! Disse ewigen Investitschonen, Transaktschonen und Manipulatschonen, dor mutt een jo nerveus warn! Weeßt jo gor nich, wat du richtig disponeert hest un musst Dag un Nacht Angst hebben, datt'n Inflatschon kummt un dien handfaste Million op'n mooll keen reelln Penn mehr wert is, as all eenmol vor lange Johrn de olln ehrlichen bruunen Duusendmarkschiens. Un ook sünsten hest'n barg Last as Millionär. Mit'n mol will dien Froo nich mehr op de Etosch' wohnen, nee, se will'n feinen Bangaloff hebben oder sogor'n Droomvilla mit'n Battler un' Boudohar mit Stilmeubels in Louis Seize mit so dünne Dackelbeen, datt een sick dor gor nich op hensetten mag. Un jeden Freedag is Dschur fix un twüschendörch jeden zweeten Dag Party mit jümmer annere Lüd'. Un dien Söhn, wenn de ut Schol' kummt, denn will he nich Discher warn oder bie de Post oder sünst wat Reellet, nee, he will in de Diplomoten-Karrihere, un wat dien Dochter is, de will bien'n Film oder as Fotomodell un'n Smeeröl-Scheich heiroten. Ich meen, dat is doch keen Familienleben mehr un kann jo nich got gohn. Nee, ick bün froh, wat ick de Millionärs-Loopbohn to rechte Tiet opgeben heff un op uns Etosch wohnen bleeben bün. Poor Groschen heff ich jo op Sporkass', un dat ischo ook ganz scheun un beruhigend. Ober Millionär? Nee!

UT GRUNDSATZ

Wenn de Strotenbohn kümmt, un de Lüd' stiggt in, denn mußt di niemols drängeln», sä de olle Assekuranzmokler Mathias. «De mehrsten drängeln sick jo, ganz gliek, wat de Bohn all vull is oder noch ganz leddig. All' wüllt se'n Platz to'n Sitten hebben un womeuglich den besten Platz to'n Sitten. Ich bün jo nu all hoch in de Söbentigen, ober ick drängel ut Grundsatz nich. Holl mi geruhig twee Schred' torück un täuv, bit se all insteegen sünd. Sall ick mi in dat Volksgetümmel stürzen und mi in de Rippen knuffen loten un de Knöp affrieten vun' Palletoh? Heff ick jo gor nich neudig! Leeber verzicht' ick op den Platz to'n Sitten, wenn keen mehr free is, un stoh de Vertelstünn Fohrnstiet bit to mien Haltestell'. Un so kummt dat, datt ick jümmer de allerletzte bün, de instiegen deit, ganz getutschig un ohne Rangelee un Rempelee, wat no mien Meenung jo'n richtige Unwürdigkeit for'n ooln Hamborger Börger is. Jo, un wenn ick erst mol binnen bün und stohn mutt un mi irgendwo anklammer, denn kann'ck mi eegentlich teemlich fast dor op verloten, datt'n lüttje Deern mi mit'n Knix ehrn Platz to'n Sitten andeent. Sühst woll? So kumm ick jümmer fein no Hus.«

HAMBORGER WETTER

De Wetterbericht in' Radio is jo'n scheune Inrichtung. Ober de ooln Hamborger Wetterregeln sünd ook nich slecht. For Hamburg gelt' nämlich annere Wetterregeln as in't dreuge Binnenland. To'n Biespeel: Wenn de Harborger Swatten Bargen ganz un gor gnaterswatt sünd, mußt mit Nattwetter reken. Liggt dor ober'n sülbergraun Dunst öber, denn ward' scheun. Weiht de Wind vun' Stintfang dwars öber de Elv, denn ward' kolt, un du treckst leeber lange Ünnerbüxen an. Kummt he ober vun de Veddel her, kann't licht fix warm warn. No'n deftig Gewitter gifft dat geweuhnlich 'n dulln Kohstorm, dree Dog' lang. Wenn dat den veerten Dag nich still ward, denn weiht dat noch mol dree Dog'. Is dat in de Nacht sternklor, denn is dat nicht jümmer 'n godet Teeken. Kann sien, datt di 'n annern Morgen de Regen öber 'n Kopp hangt. Arbeit' sich obends de Mond dörch de Wulken, denn is Utsicht, datt he se all opfritt un an annern Morgen de Himmel blank un blau is. – Wenn sick morgens de langen Windwulken in luder lüttje Watteflocken opleust, denn is Tiet, Bodbüx un Bikini intopacken un no Helgoland to fohrn. Wenn't ober morgens regent un bit Klock teihn nich opklort, denn is de Dag in' Ammer. Obendrot is mehrstens got, op Morgenrot is keen Verlot! Springt de Westenstorm no Nord röber, gifft't an Sankt Pauli Hochwoter. Un sengelt mi dat in' lütten Teuhn, ward annern Dag fein warm un scheun. Un wenn dat wohr is, denn is morgen de scheunste Sommersünndag vun't ganze Johr. So bannig sengelt mi dat.

DE LEBENSRETTUNG

Anke treck sick ehr langen Gummisteebel an un güng no'n Strand dol. Wull sick mol dat Hochwoter ankieken. Anke is twolf. Kieck, fein hoch wär dat Woter ditmol wedder, so hoch wär dat jo woll dat ganze Johr öber noch nich west. De oole Boomstump, de sünst ganz boben an' Strand stünn, wär nu rundüm vun Woter umspeuhlt und keek blot noch'n lütt Stück rut. Wat se dor woll noch henkommen kunn? Anke treck noch mol de Gummisteebel hoch un güng los. Deep kunn't jo nich sien. De ganze oole Stumpen wär jo man knapp'n halben Meter hoch, dat wuss se jo. Sühst woll, nu wär se all dor un holl sick fast an dat natte fuule Holt. Ober wat wär dat? Dor beweg' sich doch wat! Kieck, en lüttje Muus sät tosomduckt boben op den Boomstumpen, un dor noch een un noch een. Dree natte lüttje Müüs! Harn in jümehr Wotersnot Toflucht socht. «Och, ji armen lüttjen Dinger,» sä' Anke vor sick hen, «dat Woter stiggt jo noch wieder un denn möt ji doch noch jämmerlich verdrinken. Täuv' mol!» Flink greep se sick de dickste vun de dree Müs', lett se ober gau wedder los, so dull har dat Ding ehr in' Finger beten. Anke dach no. Denn steebel se dörch dat Woter torüch un käm no twee Minuten wedder, dicke Handschen an de Hann'. Nu güng dat. Vorsichtig dräg Anke de dree Müüs an Land. Dor lett se jem lopen. Weg wärn se! «Du Döskopp», sä' ehr Vadder obens, «fangs dree Müs' un lettst jem wedder lopen, Müs' sünd Ungeziefer!» – «Och,» sä' Anke, «se keeken mi so ängstlich an mit ehr lütten swatten Oogen. Dor heff ick dacht: Müs' sünd ook Minschen!»

SOSSUNDOTTIG

Dat is nu all lang' her, ick wär'n lütten Scholjung un har grod eben telln lehrt, bit hunnert. «Kannst denn ook bit soßundottig telln?» freug mien Fründ Kalli mi een Dag. «Klor», sä' ick stolz. «Na», sä' Kalli, «denn will'ck di mol een wiesen, de is so verfreten, de fritt nomeddags to Vesper soßundottig oole Rundstück op'n mol.» – «Dat lüggst du», sä' ick, «soßundottig Rundstück, dat is nich de Meuglichkeit!» Ober Kalli sä': «Kumm mit!» Un denn nähm he mi mit no'n Zooloschen Gor'n, dat wär, wo hüt Planten un Blomen is, un Kalli har dor freen Intritt, von wegen wat sien Vadder'n Aktie vun' Zooloschen Gor'n har, un all de Aktionäre kunnen lebenslänglich in Zooloschen Gor'n rin, ganz umsünst, un ehr Kinner ook, un an de Kass' sä' Kalli, ick wär sien lütten Broder. Denn güng he mit mi no de Dickhäuters. Dor kunnen wi erstmol Anton besehn, den allmächtig groten Elefanten, un nebenbie dat Neeshorn. Beten wieder lang weer so'n Swimmingpool mit Woter in, un ut dat Woter keek'n dicken Kopp rut, wo an dat Muul dat grötste weer, un dat Muul weer sparangelwiet opreten. «Nu paß op», sä' Kalli, «dit is dat Nilperd, un dor kummt ook all de Wärter mit den Rundstückkorv', nu tell! Ober genau!» Dor füng de Wärter an un smeet een Rundstück no't anner in dat grote Muul. Ober dat Muul klapp nich to, so dull ick ook telln dä, achteihn, twintig, tweeuntwintig. Ober denn käm Nummer soßundottig: Klatsch', meuk dat, dat Muul klapp to as Modder ehr Aschammer, dat Ungetüm drück de lütten Swiensoogen to un sluck de soßundottig Rundstück op eenmol dol. «Sühst woll!» röp Kalli, «heff ick di nu wat vorlogen?» – «Nee», sä' ick.

DEFTIGE LECKEREEN

In manche Illustrierte gifft dat jo so feine Kökenrezepte for den gebildeten Gesmack, un wenn du all de dorto geheurigen Gemälde ankiekst, denn lopt di dat Woter in' Mund tosomen. Ick meen ober, freuher wussen de Hamborger ook all, wat smekken dä. To'n Biespeel Snuuten un Poten mit Steckreuben oder Klüten in Bottermelk oder seute Bokweeten-Pannkoken in Speck. Un denn Swattsuur un Klüten mit Swienfleesch, jungedi, wenn du dor dien Schöttel vull wegneiht harst, denn kunnst ornlich marken, dat du wat in't Liev harst. Vun Modder ehr Kantüffelpuffer eet'n gesunnen Hamborger Jung eenuntwintig Stück un füng erst bie den treenuntwintigsten so'n böten an to sweeten. En grote iesern Pann vull vun kroß brode Elvstint weer ook nich zu verachten. Hüt itt kuum noch eener Stint, gifft ook woll nich mehr veel in de Elv. Suursupp un Hamborger Oolsupp weern Festdagseten. Dorto heurt'n handigen Schinkenknoken un tosätzlich twee Pund Speck, scheun dörchwussen, junge Arfen un geele un witte Wotteln, Backbeern un Plummen, söbenerlee verschiedenerlee Kökenkruut, Essig, Solt un Zucker un Klüten. To Oolsupp kummt denn noch twee Pund Suppenool dorto, ober erst in' letzten Oogenblick und jo nich koken, blot langsom trecken loten. Jo, Kinners, dormols harn wi ook allerhand Leckereen. Se weern woll'n böten wat deftig, ober fein smecken dän se. Man blot Fieffarbendrucke kunnen de Lüd to de Tiet noch nich moken. Anners würn dat bestimmt wunnerbore Biller worn!

ÜNNERBÜXEN

Ariadne, wat mien Froo is, sä': «Dien Ünnerwäsche geiht ook op'n Rest, Jan. Du mußt ganz neudig 'n poor nee'e Ünnerbüxen kriegen.» Wi denn jo los un rin in dat grote Koophuus. De Verkäupersch wär'n smucke lüttje Froo mit Bumsoogen. «Bitte schön?» sä' se. «Een Ünnerbüx for mien Mann hier.» – «Kotte oder lange?» – «Lange! Ischo bald Winterdag!» – «Nummer?» – «Fief» sä' Ariadne. De Verkäupersch keek mi an. Von boben bit ünnen. «Dat langt nich. Mindestens soss», sä' se. «Dat weet ick nich», sinneer Ariadne, «wenn de Ünnerbüx to lang is, denn krümpelt se sick an de Woden un öber de Kneen, un denn treckt mien Mann se nich an. For keen Geld nich!» – «Nummer soss is nich to lang, meine Dame, könt jo mol sehn. Dit hier is'n besonners scheune Ünnerbüx, warm un mollig. Ick will ehr mol anholln.» Un denn holl se mi en Ünnerbüx vor't Liev, boben güng se mi bit an de Bost, unnen bit op de Stebeln. De Lüd keeken. Dat wär mi teemlich schenierlich. As wenn ick in de schiere Ünnerbüx merden in dat Koophuus stünn. «Paßt genau», sä' de Verkäupersch. «Na, is got», meen Ariadne. «Geben Se uns dree Stück dorvun. Un denn ook noch glieks dree Ünnerhemden dorto. Ober nich to kott. Mien Mann is an't Liev bannig empfindlich.» – «Mol anholln», sä' de lütt Froo wedder un holl mi en Hemd vor de Bost. Mi stünn de Sweet op de Stirn. Wenn dat nu to kott is, un ick stoh hier vor all de Lüd' mit'n to kottet Ünnerhemd, gräßlich! «Is scheun lang», sä' de Verkäupersch, «kieken se mol, all'ns fein todeckt, meist bit an de Kneen. Dat mokt denn dree komplette Garniturn. Rin in de Tüt. Hier's de Scheck, Kasse neegen, bitte. Un veeln Dank ook!»

WALDESLUST

Een – oder tweemol in't Johr, denn kann'ck dat nich mehr utholn in de Stadt mit all dat Gesuuse vun de Pekawes un dat Gerumpel vun de Elkawes un de Tankwogens un de Betontrummel-Ungetüme un all de annern Autos. Denn mutt ick weg! Rut ut de Stadt! Weg vun de Autos! Wat scheun, datt dat twüschen de groten un lütten Städte jümmer noch'n barg Land gifft, Wälders un Felders mit affsiedige lütte Dörpens ganz ohne Autokrach. Güstern heff ick mi ook wedder op de Flucht mokt, jümmer wieder un wieder, bit ick mi nu op'n mol in en groten Wald wedderfünn. Junge, wat weer dat dor man eenmol herrlich, still un eensom! De hogen Dannen stünnen greun un steil an'n Weg, de warme Septembersünn schien scheef twüschen de roden Kiefernstämm', öbern Kopp wölben sick de Kronen vun de dicken Eeken un de starken Beuken, dat Farnkruut stünn mannshoch, un ünner de Feut bleuh noch dat Heidekruut dunkelvigolett. Twee Stünn' bün ick dörch disse Waldesstille lopen und heff keen eenmol'n Auto dropen. Wo dat west ist? Dat will'ck di ook vertelln: In't Rüstjer Holt twüschen Stade un Harsefeld. Un op wat for'n Ort un Wies' ick denn henkomen bün in disse eensome Waldesgegend. Dummerhaftige Froog'! Mit'n Auto natürlich!

DE ANGSTPARTIE

«Ick heff jo», vertell oll Bernard Mobsteen, «in mien lange Fohrnstiet op grote Seilschepen allerhand mitmokt. De slimmste Angstpartie ober heff ick an Land mitmokt, nämlich in de Tjuneited Stäts, Nordomeriko. Dormols weer ick in Mobile/Alabahma hangen bleeben. Mien Schipp, de Schonerbark «Zusanna» vun Rotterdam weer mit'n mol weg, un ick stünn alleen an de Pier, achteihn Johr old. Seuk mi denn jo Arbeit, ober in Mobile weer grod nich veel to don, un so güng ick denn op de Tippelee. Har ook en goden Fründ un Macker, de har'n Glasoog un heet Carlos. Wi weern jümmer tosomen, tippelten öber de Präries un dörch de Mauntens un dörch de Boomwullfeller. Mol weern wi'n ganzen Dag lopen, jümmer de Iesenbohnschienen no. Mutt jo mol'n Statschon komen, dachen wi. Käm ober keen. Denn weer dor so'n Canyon en Felsenschlucht, un de Schienen löpen op en holten Brück dor öben hen. Wi sprüngen jo denn op de Schienen vun Schwell to Schwell, ünner uns de Afgrund. Alle twintig Meter stünn links un rechts vun de Schwelln en Woterfatt, wegen Brandgefohr. Mit'n mol weer de Expreß achter uns. «Rinn in so'n Woterfatt!» brüllt Carlos mi to un verswünn ünner Woter. Ick jo ook! Keek eben noch mit'n Kopp rut. Dor dunner de Expreß vorbie. De Heizer säh uns un smeet ut Spoos oder Langewiel en dicken Kohlenklumpen no mien Kopp. Dröp ober blot dat Fatt. Dat wackel un wackel, bleef ober stohn. Süh, un disse Oogenblick, dat weer de dullste Angstpartie in all mien Seefohrtstied.»

HEIDELUST

Nu, wo de Erika utbleuht hett, ist dat ook Sünndags wedder scheun in de Heide, still un eensom un fieerlich. In de Blütetiet weer dat nich so scheun. Vor luuder Autoqualm kunnst meist de Blütenpracht nich sehn, un öber de Landstroten kunnst to Fot nich röber wegen de Hamborger Autokolonnen. In jeden stilln Winkel mok sick'n Familie breet mit stilvulle kunterbunte Campingmeubel, holl Picknick un lett dat Kufferradio jauln. Un wenn de Herrschaften wedder affdunnert weern mit ehrn schicken Wogen oder in den groten Tournomnibus, denn weer de stille Platz vull vun Papier- un Plastiktüten, Zigarettenschacheln, Konservendosen, Papiertaschendeuker un sunst wat. Ward jo jümmer seggt, uns' Lüneborger Heide mutt as Erholungsgebiet for de Grotstadtminschen bestohn blieben, un dat is ja woll ook richtig. Ward ober ook seggt: Kinners un Lüd', benehmt jo! Holt Ornung, wenn ji Sunndags op Heidetour fohrt! Weest Minschen un keen Swinegels! Sekers, dor is'n groten Hümpel Heidefohrers, de holt op Reenlichkeit un nehmt jümehr Abfälle in en Zellophanbütel wedder mit no Huus. Ober de «poorduusend», de dat nich dot, de genügt öberleidig, um de herrliche bleuhende Heide in en groten Schutt- un Müllplatz to verwanneln. Darum mok ick mien Heidetour leeber in' Harvst, wenn de Erika bruun is, en frischen Oktoberwind de geelbunten Blöd' vun de Birken schüttelt un dat wiede Land wedder vull is vun Roh un Freeden.

ELV-INSULANER

Vun de eensomen Halligen in de Nordsee lest man jo oftens wat. Datt dat ober op uns Unnerelv ook so wat gifft, weet man wenige. Dor levt to'n Biespeel op de Insel Lühsand uns Frünn Willi un Ilsebill. Hefft dor'n Gastwirtschaft. To Sommerstiet is Lühsand vull vun Leben. Dor is'n grotet Teltdörp, wo de Lüd ut de grote Stadt Luft snappt un Camping mokt. Denn is natürlich in Ilsebill ehr Gaststuv fix wat los. Ober nu is de Sommer all lang vorbie, de Campingminschen hefft jümehr Telten tosompackt un sünd utkneepen, un Willi un Ilsebill sünd ganz alleen bleeben mit ehr dree Kinner Ute, Anke un Holger. Ute un Anke goht noch to Schol, ober op Lühsand gifft dat keen Strot un keen Weg, keen Strotenbeleuchtung un keen Verkehrspolizisten un natürlich erst recht keen Schol. So denn mut Willi de beiden lütten Mäkens morgens Klock söben mit sien lütt Ruderboot öber de Elv an' Diek schippern, ganz egol wat balkendicken Nebel ist oder Stormflot, Wolkenbruch, Sneedriven oder Isgang. Un nomeddags mutt he jem wedder affholn. Johr for Johr is dat so. In diesse Nebeltiet ist de lütte Familie ganz un gor versunken in griesgraue Düsternis. Sull een woll gläuben, watt dat sowatt geben deit? En knappe Autostünn vun Hamborg? Een Trost it, wat se Telefon hefft. Mittwoch obend hett Ilsebill bie mi anropen. «Höh, Ilsebill», frei' ick mi, «wo geiht denn? Könt ji op Lühsand öberhaupt noch wat kieken?» – «Gott sei Dank», sä Ilsebill. «All'ns scheun to sehn! – «Wat?» wunner ick mi, «bi dissen Nebel?» – «Och so», sä' se, «du meenst buten vor Dör! Ick meen in' Fernsehn!»

SNEESORGEN

«De verdreihte Snee!» schimp Klaas Escher. «Un dorbi Ostenwind! Un keen Dauwetter in Utsicht! Un dat in' Novembermond! Wat schall dor vun warn?» – «Na, Klaas», snack ick em got to, «is eben'n freuhn Winter, un to Wintertiet sneet dat.» – «Du hest got snacken», gnarr he, «du sittst geruhig achtern Oben un lest Obendblatt. Ick ober heff'n groten Gor'n mit junge Appelbäum. Dottig junge Edelappelbäum heff ich in' Oktober plant. Hett mi'n Barg Geld un Arbeit kost'. Wenn dat ober so wieder sneet, kummt de Karnickels un bast' mi de jungen Stämm' rundum aff. Denn sünd so dot un hen.» – «Tjä Klaas», sä' ick klok, «du harst dien Gor'n to rechte Tiet mit Kükendroht gegen de Karnickel affsekern sullt. Halben Meter hoch. Heuger springt Karnickel nich.» – «O», sä' he, «wat büst du schietenklok! Klor, datt ick denn Gor'n indroht heff, halben Meter hoch toerst, dor güngen de Sandhasen ober doch noch öber hen. Sodenn heff ick den Drothtuun noch'n halben Meter heuger trocken.» – «Dor kummt se denn jo nich röber», sä' ick. «Doch kummt so dor röber!» schree Klaas. «De oll oosige Ostenwind weiht un wirbelt den losen Snee tosomen un hümpelt em op, meterhoch, tweemeterhoch. So hoppelt de Karnikkels gemütlich öber minen düern Droht un snüffelt no

Gras. Is ober keen Gras! Blot mien jungen Appelbäum kiekt mit de Kronen eben rut ut den Snee. Na, denn gnabbelt se eben den seuten Bast von de lütten Stämm', un dot sünd se. Ick will di wat seggen, Jan: Uns' Herr Bundeskanzler hett jo'n Barg Sorgen. Ober doch woll nich so veel as ick mit de Karnickels!»

SWATTEN SNEE

Albert un Bernard dropt sick jeden Morgen op'n Altnoer Balkon un klöhnt 'n beten. Dissen Morgen weer Sneegesteuber, ober de beiden weern oole Fohrnslüd, un Slechtwetter mok jem nix ut. «Kiek mol», sä' Bernard, «de ganze Welt is mit'n mol witt vun Snee.» – «Jo», sä' Albert, «süht ganz scheun ut. Ober eegentlich is de Snee jo swatt.» – «Wat?» sä' sien Macker, «Snee is swatt? Du tühnst woll! Snee is jümmers witt, in jeden Fall frischen Snee! Kann jo jeder sehn!» – «So?» sä' Albert, «denn will'ck di glieks mol dat Gegendeel bewiesen. Leg mol dienen ooln Grieskopp ganz deep in'n Nacken und kiek stur no'n Heben rop, merden dürch dat Sneegesteuber.» Bernard dä dat denn jo. «Na, wat sühst du?» frog Albert. «Mien Gott, wat is dit?» röp de anner. «De Sneeflocken trudelt as wild dörchnanner un fallt langsom dol, ober all sünd se kohlrobenswatt! Holl mi fast, Albert, dat sneet Sott! Dat mutt'n Naturwunner sien!» – «Na, bruukst keen Angst to hebben», beruhigt Albert em, «wenn de swatten Flocken erstmol op'n Rasen liggt, wat seht se denn ut?» – «Dammi», wunner Bernard sick, «slohwitt!» – «Dat denkst du blot», preester Albert. «Wenn du genau hinkiekst, denn is de Snee op'n Rasen ganz bunt, mol himmelblau, mol rosenrot un denn weder silberig grau. Un dor op den groten Rhododendronbusch is he direkt vigelett. Witt is he nirgendwo.» – «Warraftig», staunt Bernard, «sowat heff ick all mein Lebenstiet noch nich sehn. Woher kummt dat?» – «Vun Professor Einstein», belehr sien Fründ em. «De hett de Relativitätstheorie erfunnen. Und siet de Tiet sneet dat swatten Sott.»

BI KAP HOORN

Freuher gäv dat jo allerlei Hamborger Döntjes. De een un de anner kennt noch welk dorvun, ward ober ümmer mehr vergeten. Sull man nich mol 'n poor opschrieben? Mol verseuken: Seten dor vor lange Johrn, lang' vor'n ersten groten Krieg, twee Jantjes op Sankt Pauli bie Heckel un eeten Rundstückwarm. Heckel sien Rundstückwarms weern berühmt. «Junge», sä Hein to Fietje, «smeckt jo ganz herrlich, de krossen Rundstück un de möre Swiensbroden in de heete Bradenschü un Metz un Gobel un sogor 'n Sawijett', un alln's for dottig Penn!» «Jo», sä Fietje un kau mit beide Backen, «un denn steiht dor ook noch so 'n seuten lütten Buddel op'n Disch, wat dor woll Köm in is?» «Mol smecken», sä Hein, graps sick den Buddel un nöhm en deftigen Sluck von de Ingelsche Sauze. De brenn' as den Dübel sien Höllnfüer. Hein vertreckt dat Snutenwark, un de blanken Tronen lopen em öber de Backen. «Wat weenst du denn?» freug Fietje. «Smeckt he nich?» «Smeckt fein», sä Hein, «ober grod nu war ick dor an denken, datt hüt vor twee Johr bie Kap Hoorn mien besten Fründ un Macker öber Bord gohn is un jämmerlich verdrunken. Dor kummt mi de Tronen.» «Na», begösch Fietje em, «dat is Seemannslos, dor wüllt wi nu

man nich mehr veel an denken. Giff mi man ook mol den Buddel.» Fietje nöhm denn ook 'n düchtigen Sluck vun de Ingelsche Sauze, un de Tronen kullern em as blanke Glasmardeln ut de Ogen. «Wat weenst du denn nu?» freug Hein, «smeckt di de Köm nicht?» «Smeckt fein», sä Fietje, ober ick ween doröber, datt du Oos dormals bie de Hoorn nich ook mit versopen büst!»

DUMMEN SNACK

«Opa», sä' de lütt Pietimann to sien Grotvatter, «du büst jo jümmer so klok. Ober, dat will'ck di man seggen, all'ns weeßt du ook nich. Kiek mol buten all den Snee. Segg mi blot mol, wo kummt all de Snee her!» – «De Snee», sä' Opa, «dat is eegentlich Regen, un wenn dat kolt ward, denn freert all de Regendruppen. Dor kummt denn de Snee her.» – «Verkehrt!» sä' Pietimann. «Nanu», sä' Opa, «weest du beter as ick, wo all de Snee herkummt?» – «Klor», sä' Pietimann. «Vun boben! Kiek mol den groten Appelboom dor in uns Gor'n, Opa. Worum steiht de dor?» – «Dummen Snack», brummt Opa, «de hett dor all jümmer stohn.» – «Verkehrt», sä' de lütte Dreekäsehoch. «He steiht, weil he sick nich henleggen kann!» – «Du Opa», sä' Pietmann, «wenn du twee Katten un dree Müs' un fief Spatzen tosomleggst, woveel Tiern hest du denn?» – «Teihn», reken Ope ut. – «Verkehrt!», kriesch Pietimann. «Blot twee Katten. De hefft de Müs' un de Spatzen opfreten!» – «Du Opa», sä' Pietimann, «is de leebe Gott allmächtig?» – «Klor», sä' Opa. «Wenn de leebe Gott nu dor ober so lang geiht un he kummt an so'n riesengroten Steen, de is so schwor, dat twintig Lüd em nich opbörn könt. Kann de leebe Gott em opbörn?» – «Jo», sä' Opa, «he kann jo all'ns.» – «Kann he denn ook den groten Steen so fürchterlich swor moken, datt he em sülben nich mehr börn kann?» – «Jo, nee, jo, wat denn, nee, du dumme Slüngel, dat weet ick nich», stahmer Opa. «Sühst du», sä' Pietimann, «heff ick jo seggt. All'ns un all'ns weeßt du ook nich!»

WOHNSTUVEN-FOTBALL

Opa wull eegentlich Zeitung lesen. Güng ober nich recht, wiel Oma mit lütt Erni in de Wohnstuv Fotball speel. Nich richtig mit'n groten Bundesliga-Fotball, dor wärn jo all de scheunen Nippes bie to'n Dübel gohn. Nee: Wohnstuven-Fotball. Op'n Stuvendisch ward dat greune Speelfeld utrollt mit twee Toren, Strofruum un all dat. De Fotball is'n lütten Mardel ut Plastik. De Speelers, rot un geel, sünd ok ut Plastik, ober wenn man jem op'n Kopp drückt, slenkert se mit'n Been un scheet den Ball in de Gegend. Erni hatt de rode Mannschaft, Oma de geele. «Tor!» schreet Oma. «Nee», kriescht Erni, «weer Hand! Elbenmeter!» «Hach», röpt Oma, «gegen de Latte! Weg mit dat Ledder!» So geiht dat hen und her. Mit'n mol ober is de Ball weg. Oma har em mit'n Bombenschuß över de Latt ballert. Lütt Erni krabbelt ünnern Disch op'n Teppich rüm un socht den Ball. Ohne Ball kann een jo nich Fotball speel'n! Oma liggt längelang op'n Buuk un angelt mit'n Leuwogen ünner dat Buffett rüm. «Womeuglich is he ünnern Beukerschrank», seggt Erni un blitzt mit de Taschenlamp ünner den Schrank. Opa kiekt'n beten unruhig. «Wüllt mol den Schriebdisch affschuben», seggt Oma. Ober dor is de verdreihte Ball ok nich. Hett sick woll opleust in dünne Luft. «I», seggt Oma, «sien mutt he doch irgendwo!» Un fangt an, den Teppich optorollen. Se find' dree lüttje Kastanjen, een oll'n Manschettenknopp un twee Hasselnöt vun letzten Wiehnachten, ober keen Fotball. «Opa», röpt Oma, «fot mol mit an! Wüllt mol eben de Kautsch umdreihn!» Opa ächzt un stöhnt un verdreiht de Oogen: «Höh-ruck!» Un dor! Ut de Gurten vun de Kautsch trudelt de Fotball rut. «Au fein», schreet Erni und packt sien Speel in de bunte Schachtel. «Morgen obend wedder Fotball!»

LUSTKUTTERS

Wenn dat ook keen grote Seilschepen mehr geben deit, so gifft dat to'n Glück doch jümmers noch'n Barg Sportseilers, de mit jümehr Lustkutters un Jolln sünndags uns oole Ünnerelv' belevt. Nu is keen Holln mehr, los de Lien' un heiß op dat Seil! Dat gifft jo welk Landrotten, de meent, seiln op de Elv' is langwielig, jeden Sünndag datsülbige, mit de Ebb' dol un mit de Flot wedder rop. Dat is ober ganz anners, dat gifft op de Ünnerelv' Woterstroten, vun de de Landrotten keen Ohnung hefft. Vun Blanknes' kannst to'n Biespeel dörch dat Möhlenlock no Cranz röberkrüzen un in't Nebenfohrwoter an de Nord vun de grote Insel Hahnöfersand bit no de Lüh' dolklüsen. Kannst ober ook an die Süd vun de Insel dörch de smalle Süderelv', de se den Jordan nennt, no de Lüh' komen un wenn du wullt, vor een vun de Kirschendörper Borstel, Neenschlüs' oder Wisch to Draggen gohn. Vun de Lüh ut kannst dörch de Lühsander Binnenelv' licht no Stadersand komen, denn wedder in' Hauptstrom. Dat gifft noch'n Barg annere Routen un Kurse, un wenn du de all affklappern wullst, bruukst du mehr as'n ganzen Sommer, un Langewiel kann dor nich opkomen. Besonners wenn dien Vorschotmann en nettet Frollein is, mit faste Hann un richtige Seebeen.

ABSTRAKT BEKEKEN

Bither heff ick jo jümmer düsse abstrakten Oilgemälde for groten Bleudsinn holn. Ober siet güstern nich mehr. Ick har in dat grote Koophuus noch gau'n poor Wiehnachtspräsente for mie'n Adriadne inkofft un kunn twüschen all de opstopelten wiehnachtlichen Soziolprodukte den Utgang nich wedderfinnen. Ober denn weer dor'n grote Glasdör mit de Opschrift «Erfrischungsraum», un mit'n mol har ick 'n bannigen Dost op'n Buddel Hamborger Beer. Güng denn jo rin. Un denn passeer dat: Oha, dach ick, hier's Picasso! All'ns dörchnanner! An hunnert lütte Dischen säten veerhunnert Erfrischlinge, Froonslüd un Mannslüd, oole Omas, Jungdeerns un Jungkerls, Rentners un Lehrjungs, de Domens mit geele, rode un greune Koppdöker oder in bunte Pudelmützen, oole verdreugte Gesichter un junge, eenige fein anmolt mit Lippenstift un Wimperntusche, annere mit fothoget Lockengetürm op den seuten lütten Döskopp. Un in de smallen Gänge twüschen de Dischen jongleerten in swatte Kleeder un witte Schörten flinke Servierdomens mit de Erfrischungen, mit Bruus un Appelmost, mit Kantüffelsalot un Knackwurst, Gulasch mit Nudeln, Swienslebber mit Appelmus, Kaffee un Koken un Vanilleeies mit Slagrohm. Mi weer ganz swummelig vor Oogen, irgendwo weih'en Pelzmantel, Persionerklaue, dörch de Atmosphäre, un op enmol har dat eene Servierfrollein veer slangenhafte Arms un keen Kopp mehr, ober op'n Buuk dat Gesicht vun en dicke Slachtersfroo. «Hö, Frollein», sä' ick un sack op en Stohl, «bringen Se mi gau'n duppelten Wachtmeister mit dree Druppen Angostura un'n lütten Rollmops boben op!» – «Geern», sä' se un lächel wunnerbor abstrakt.

GODE VORSÄTZE

Morgen freuh, wenn Silvester vorbie is, denn will ick ober nu wirklich mol all mien goden Vorsätze wohrmoken. Erstmol will'ck mi dat verdreihte Smeuken affgeweuhnen. Tweetens gifft dat obends keen dree Grogs mehr. Heuchsten eenen! Dat ewige Schimpen un Nörgeln un Quarken heurt ook op! Morgens segg ick nich mehr to mien Ariadne: «Ward dat nu bald wat mit den Kaffee?» Nee, ick fleut ganz seut: «Bliev man sitten, mien lütt Zukkerpopp, Kaffee kook ick.» In mien Wünsche will ick bescheiden sien. Den Gedanken, mie'n groten Mercedes antoschaffen, geev ick op. Överhaupt will ick vun nu an fix sporn. Gifft jo'n Barg Gelegenheiten dorto. Op de Weltreis' mit den Luxus-Musikdamper rund um den Globus verzicht ick ganz eenfach. Denn spor'ck op een Slag twintigduusend Mark un fohr mit mien Ariadne in de bleuhnde Heide. Dor kumm ick mit fiefhunnert ut. To mien leeben Mitminschen will ich jümmer fründlich sien: Wenn ick to Foot über de Strot will, lot ick erstmol all de Kraftfohrers vorbie. Un wenn ick in' Auto sitt, stopp ick vor jeden Fotgänger, un wenn he sprüttenduhn is. Un scheune Froonslüd will ick in Tokunft mit keen Oog mehr nokieken, un wenn se noch so hübsche Been hefft. Ick meen, dat sünd doch wahrhaftig luuder gode un ehrnvulle Vorsätze. Ober se gelt erst aff morgen! Hüt obend noch nich!

DE KACHELOBEN

Jeden Freedagmorgen drop ick mi in en Gaststuv' an de Küst mit mien groten Broder Paul op'n Kugel Beer. Broder Paul is twee Johr öller as ick. Un wi snackt vun de ooln Tieden. Güstern jo ook wedder. «Weeßt noch, Paul?» sä' ick. «Neegenteihnhunnertuntwee? Du harst dien erste Reis' as Schippsjung ‹round de world' op de Elsflether Bark ‹Hanna Heye› grod achter di un nu wedder anmustert op den Veermaster ‹Persimon› vun Laiesz. As Lichtmatros'. Ich wer to de Tiet noch'n Scholjung vun vierteihn Johrn un käm obends in' Seilschippshoben bie di op Beseuk an Bord. Wär ober noch keen Fierobend, un du sä'st: ‹Sett di man so lang' in't Logis. Ick kumm denn woll bald.› Ich kiek mi denn jo dat Schipp an, de himmelhogen Riggen un de tweeduusend Taun, un slarp denn jo in't Mannschaftslogis. In't Logis is keen Minsch. Ober no'n Tiet kummt'n lütten breeden Kerl 'rin, veerkant as'n Kacheloben, kiekt mi mit gleundige Oogen an un bölkt: ‹Wat! Du drückst di hier in't Logis rüm! Wullt du woll an Deck an de Arbeit!› Und – rumms – kregg ick een an mien Riestüten, datt ick vun de oole Seekist dol un twüschen all de annern Seekisten trudel. Un grod', as de Kacheloben no en deftiget Tauenn lang', um mi noch wieder to verjacksen, kämst du to'n Glück in't Logis un schreest: ‹Hollstop, Bootsmann! De heurt nich to de Crew! Is mien lütten Broder un will mi to'n lütten Landgang affholn!› ‹Kann een jo nich weeten›, brummel de Kocheloben. Un ick gläuv, Broder Paul, wenn du domols op SS ‹Persimon› nich in't Logis komen würst, kunn ick hüt nich mit di un heile Knoken hier sitten un in Freeden Köm un Beer drinken!»

HEINI IN DE BUTZ

Uns lütt Heini ward nu bald neegen, un wenn so'n lütten bundesrepublikonschen Buttje bald neegen is, denn hett he notürlich ook'n eegen Stuv' un in de Stuv' 'n elektrisch' Iesenbohn. Nu is de Stuv' man'n böten wat lütt, dat is blot'n Affsiet ünner de Dackschräg', freuher sä'n se in Hamborg dor Butz to, un dessentwegen lopt de Gleise vun Heini sien Iesenbohn öber den ganzen Fotbodden, slängelt sich in woghalsige Kurven üm jedet Stohlbeen, krupt 'n poormol ünner Heini sien Bettstell un kummt ünnern Kleederschrank wedder to'n Vorschien. Nützt ober all nix, de Fotbodden ward nich gröter. Un Heini will doch so gern, datt sien Bohn dörch de ganze Welt rasselt. So denn is he glieks no Neejohr anfungen, Wandkalenners to sammeln. Achtuntwintig ganz wunnerbore Wandkalenners hett he tosomenkreegen, all mit de herrlichsten Landschafts- un Stadtbiller, un jem een no'n annern an de Schrägwand nogelt. De reine Gemälde-Galerie! Dor is'n Alpen-Kalenner, en Berlin-Kalenner, en Rhein-Kalenner, en Lüneborger-Heide-Kalenner, en Balkan-Kalenner un ick weet nich wat noch all'ns for Kalenners. Hamborg-Kalenners sünd glieks dree ünnerscheedliche dor. Un nu weet Heini denn jo, wo he mit sien Iesenbohn henfohrn kann: Öber Barg un Tol, no Rom un no Paris, no de Costa Brava un de Costa Dora, dörch de Dolomiten un de Karpoten, no Slowenien un Rumänien un dörch de Abbruzzen un all de annere Geographie. Heini sien lütt Butz is mit'n mol de ganze wiede Welt. Un wenn he nich veel Tiet hett, denn is sien Expreß eben de Hamborger Hochbohn un suust, no den Hamborg-Kalenner, gau mol rund um de Alster.

ARFFENSUPP

«Arffensupp», vertell de ool Krissel Reimers, «Arffensupp is'n feinet Eeten, besonners wenn dat buten Slechtwetter is. Ick heff jo veerdig Johrn lang mien Dreug-Ewer ‹Charlotte› fohrt, twüschen Hamborg un Stettin un Danzig, mit twee Mann Besatzung un mien Stine in de Kombüs'. Un jümmers, wenn de See hoch güng, kok Stine en allmächtig groten Putt vull Arffensupp. Junge, wenn du dor dree, veer Tellern vull wegneiht harst, kreegst glieks wedder Kurosch! So ook mol ünner Howacht. Dree Dog har dat weiht. Ober nu wär dat'n böten ruhiger, un in uns lütt Kajüt füll Stine mi den Teller randvull scheune dicke Arffensupp. Kunn denn jo düchtig rinhaun. Bie den tweeten Slag full mi ober op, datt Stine man'n ganz lütt böten Supp op ehr'n Teller har un dor ook man ganz vorsichtig an rümnippel. ‹Wat hest denn, Stine?› freug ick. ‹Smeckt di dien eegen Arffensupp hüt nich?› ‹Weet nich›, sä' Stine. ‹Gor keen rechen Apptit. Heff dat woll'n böten op de Mag'.› ‹Wat denn›, sä ick, ‹so'n feine Arffensupp! Büst doch woll nich seedull? Geev mi man nochn' Slag! Un eet du man ook düchtig!› ‹Och nee›, brümmel Stine wehleidig, ‹lot man, mi is opstunns gor nich recht to Sinn op Eeten. Hauptsok is, wat du satt worn büst. Hett di de Supp denn ook smeckt?› ‹Klor›, sä' ick, ‹so'n wunnerbore Arffensupp!› ‹Denn will'ck di dat man vertelln', sluchz Stine, ‹ick har jo dine ooln Puschen öber den Kombüsen-

herd to'n Dreugen ophungen. Un den linken Puschen heff ick eben ut de Arffensupp rutfischt. Hett jo woll veer Stünn mit kokt. Hest dat nich smeckt?› ‹Nee›, rülps ick, ‹smeckt heff ick dat nich, ober ick gläuv, so'n ganz lütt böten weer mi dorno!›»

DAT HELPT SICK

Güstern vormeddag wär de Monteur vun't Fernsprekamt bi uns un hett uns Telefong ümlegt. Vun de Slopstuv' no de Wohnstuv'. Dor könt wi dat Klingeln beter heurn. De Mann weer bannig fix in sien Geschäft, no'n halbe Stünn all stünn de Klöhnkassen op sien neen Platz. «Oha», wunner Ariadne, wat mien Froo is, sick, «Se könen dor ober mit umspringen – Mögen Se'n scheun Tass Kaffee?» «Gern», sä de Fernsprekmann, un denn drünken wi all dree Kaffee. «Jo», sä' ick in de Ünnerhollung, «Handwerk hett jümmer noch'n gülden Bodden un ward got betohlt.» «Hett sick wat», knurr de Postmann. «Weeten Se, wat ick verdeen? Soßhunnertfoftig den Monot! Un dat no achtuntwinitg Deenstjohrn.» «Wat!» röp ick, «dat is hüt jo to'n Starben to veel un to'n Leben to wenig.» «Stimmt», sä' he truurig, «ober sall ich hüt noch ümsatteln op privot un mien Pangschon susen loten?» «Ober de hütigen Priese. – Un denn de hogen Mieten», gäv ick to bedenken. «Och», sä' he, «mit de Miete heff ick wieder keen Last nich. Mien Froo hett vun ehrn Vadder 'n scheun lütt Huus arvt. Dor wohnt wi billig. Reparaturn mok ick all sülm. All'ns piekfein in de Reeg. Moderne Möbels un so. Teppich un Gardinen. Mien Froo verdeent jo ook. Mehr as ick. Achthunnert in Akkord! Un uns Dochter, de nu twintig is, het soßhunnert. – Dat helpt sick. Anners kunnen wi uns jo öberhaupt dat Auto nich leisten. For de Urlaubsreis'.»

WOTERPOLIZEI

Woterpolizei hett dat all jümmers geben. Nich blot in Hamborg, ook op de lütten Nebenflüsse Este, Lühe, Schwinge un so wieder. Op de Lüh' wärn in de olen Tieden Matten Allm un sien Helpsmann Korl Dutt Woterpolizisten. Grote Polizeikrüzers gäv dat to de Tiet jo noch nich, Matten un Korl harn blot 'n lütten Kohn. Dormit dümpeln se den Lüh'fluß op un dol un sorgen for Ornung. Ober dat wär, besonners in Winter, en bannig hatt Brot, denn se wärn jo ook to Nachttiet ünnerwegens. Mol ook wedder: Dat wär gegen Klock twee in de Nacht un en ieskooln Ostenwind, un nu füng dat ook noch an to sneen. «O nee», schimp Korl Dutt, «watt hefft wi doch man eenmal for'n slechten Bohntje! Anner Lüd liggt fein warm in de Puch!» «Na», begösch Matten sien Macker, «wenn du dat so geern muchst, könt wi dat jo licht beter hebben. Kiek mol, dor an't Bullwark liggt Hinnick Tamms sien ooln Ever. Vörn un achtern hett he em anbunnen. Nu spring mol fix an Land un smiet liesen de Achterlien los.» «Worüm?» wull Korl weeten. «Frog nich! Do dat!» Korl jump denn jo an Land. No twee Minuten drück de Tidenstrom den Ever dwars öber de Lüh'. Dor baller ober de Woterpolizei an de Kajütendör! Krissel käm ganz benaut an Deck, un de Polizeigewaltige bölk: «Kannst denn dien' Appelewer nich örnlich fastmoken! Kiek di dat an! Dwars öber dat Fohrwoter liggt he!» «Wo kann't blot angohn!» jammer de Schipper. «Ober ick bring't glieks wedder in de Reeg. Lot uns man erst'n lütten Grog drinken.» In de lütt Kajüt wär dat fein warm, un Hinick sien Grog wär scheun nördlich. No twee gemütliche Stünn' hievten all dree den olln Ever ornlich an't Bullwark. Weer ganz licht. Denn intwüschen wär Ebbstrom.

HERINGSSALOT

In' Januarmond hett Ariadne, wat mien Froo is, Geburtsdag, un denn gifft dat no de Traditschon for de leebe Verwandtschaft Hamborger Heringssalot. De Verwandtschaft tellt fiefuntwintig Personen, un de sünd dat geweuhnt un könt dat verlangt sien, datt se to Ariadne ehrn Geburtsdag Heringssalot satt kriegt. Süllt se ook! Un ward se ook! Ober de Herstellung von Heringssalot no Ariadne ehrn Rezept is jedet Johr ein Drama. Denn Ariadne ehrn Heringssalot is'n Kompositschon. An' Obend vor den Geburtsdag versammelt sick de engere Familie, Mann und Froo, Söhn' un Swiegerdöchter, fierlich to den Schöpfungsakt, jedereen mit'n grotmöchtiget Metz in de Hann', rund üm den groten Kökendisch, un jeder mit'n holten Hackbrett vor sick. Rundrüm türmt sich in Schötteln un Hümpeln de Ingredienzien to den Herimgssalot: Fief Pund Pellkantüffeln, dree Pund Boskoper Appeln, veer Pund Zibbeln, teihn fette Soltheringe, teihn hatte Eier, dree Pund nüchtern Kalvfleesch, soss Soltgurken un dree Pund rote Beet. Wenn all'ns to Stell is, geiht dat Gemetzel an, un de Kök verwannelt sick for twee Stünnen in en Slachtfeld. All'ns mutt mit Sinn un Gefeuhl fien hackt warn, nich to fien, ober ook nich to groff, de Hackmetzen hackelt, un de Ingredienzien sprütt in Fontänen dörch de Gegend. An dullsten de roten Beeten! All de Helpslüd sünd as mit Blot överströmt. An En'n ober is all'ns got un ward tosamenreuhrt. Nu noch'n Glas Kapern to, Peper un twee Löpel Semp, Essig, Oil, 'n böten «Zucker un' half Pund Mayonnais'. Fardig! Gläuvst woll, wat Ariadne ehrn Heringssalot smecken deit?

SNEEGESTEUBER

Sneegesteuber to rechte Winterstiet is jo wunnerhübsch un mokt Spoß. Hefft wi jo vergangen Woch praktisch belevt. Ick mutt dorbi ober jümmers an uns' Seelüd' denken, de mit jümmer Schipp in düstere Nacht de Elv' ropdampt oder ook no See to utlopen wüllt. Grod eben vertellt ni mien Fründ, Lots' Gorch Marlspieker, sienen Arger mit so'n Sneegesteuber. «Dicken Nebel», seggt he, «dat is jo slimm genog. Ober, hest jo ümmer noch Radar. Wenn dat in Ordnung is un nich grod'n Modell vun neegenteihnhunnert, denn kannst dor jo all'ns op utmoken, de Küst, de Gegenkomers, de Opleupers achterrut, de Klütenschippers an de Kant un de Fohrwotertünnen. Weeßt to'n mindesten, wo du büst. Ober nu: Sneegesteuber! Hüt nacht har ick'n groten Griechen, twolfdusend Tünnen, no Hamborg, teihn Foot Deepgang, steenolt un langsom, langsom, mehr as neegen Mielen wull he mit alle Gewalt nich lopen. Keen Minsch an Bord kunn Dütsch, blot eener 'n poor Brocken Ingelsch. Ober Radar wär okee. Na, denk ick, kummst woll rop, ischo got fürsichtig. Güng ook all'ns klor bit ünner Hollerwettern. Mit 'n mol: all de Füern weg! Balkendüster! Nix to kieken rundrüm! Sneegesteuber! Un wat for een! Flocken, so grot as Maiseebers! Dicht an dicht! Wo bün ick? Na, erstmol mit de Fohrt dol! Un denn stier ick op mien Radar. Wat dat woll funkschoniern dä. Funkschonier ook! All de Millionen vun Sneeflocken gäven jede en wunnderbores Echo! De ganze Radarschirm wär sneewitt vun all de Echos un lächel mi unschullig an as de sanfte Vullmond. Dammi! Nix to moken! Na, ick har jo mienen Kurs op Glückstadt dol in'n Kopp un stüer denn jo blind no'n Kompaß. Geiht jo ook, is ober 'n beuses Gefeuhl, kann'ck vertelln! De Dübel hol' so'n Sneegesteuber!»

ÜNNERENTWICKELT

Antje is sossteihn un interessiert sick bannig for See un Seefohrt. Ehr lüttje Teenagerstuv is vull vun maritime Raritäten, utstoppte Aligäters, fleegen Fisch, oole un nee'e Schippsmodelle, un an de Wann hangt överall Biller vun berühmte Seeschepen, all'ns direkt mit Atmosphäre. Nu is ober noch 'n wunnerbore Attraktschon dortokomen: Antje ehr Broder Jan, Lichtmatros in de Banananfohrt, hett sien lütt Swester en gnaterswatten, blitzblank polierten Holtkopp mitbrocht. Jan hett for den Holtkopp twee Dollar betohlt un in Hamborg noch mol twee Mark Toll, denn de Kopp is 'n ünnerentwickeltet Kunstwark, nämlich 'n originole Ingebornen-Plastik vun de Inseln in de Karibische See, dat Gesicht vun en unheemlich scheune swatte Deern mit swatte Nees, swatte Lippen, swatte Oogen un en swatten Zopp, de piel in End no boben steiht. Blot in de swatten Ohrn bummelt 'n Poor güllen Ohrringen. Toerst har Antje jo 'n beten Angst vor disse ünnerentwickelte Zuckerrohrdeern. Ober denn frei se sick doch bannig un meen: «Och, so fürchterlich ünnerentwickelt süht se eegentlich gor nich ut!»

KNALLARVTEN

In' Gor'n is nu nix mehr los. Poor verfrorne Rosenknoppen quält sick dor noch dörch den griesen Novemberdag. De Dahlienknolln hett Vadder all lang' utbuddelt un in' Keller brocht. Dat süht man trurig ut in Gor'n un Park. Ober wat is dat? An de Heckenrosen lücht' de Hagbutten fürrot. So'n Wildrosenbusch süht um disse Tied ut, as wenn he in helle Flammen steiht. Un denn sünd dor de sneewitten Knallarvten! Merden twüschen dat nokte Buschwark steiht de Knallarvtenstruuk, över un över besett un behungen mit de witten Kugeln, de Telgen bögt sick dol ünner de Lst. In't Freujohr hett de Busch bleuht, ober keeneen hett no sien lütten roso Blöden henkeken. Ober nu stellt he den letzten Smuck in Gor'n, eh denn de Winter kummt mit Ies un Snee. Uns lütt Kalli is bannig scharp op Knallarvten Jümmer wedder plückt he sick 'n Handvull. De witten Kugeln feuhlt sick hatt un glatt an as Glasmardeln. Wenn man ober een op de Strotenfliesen leggt un dor vorsichtig mit de Stebelspitz op pedden deiht, denn gifft dat'n Ton, as wenn eener mit de Pietsch knallt, un de runne Kugel is nu nix mehr as Matsch un natte Schell. Kalli mutt sick jümmer wedder wunnern, datt son' lichte lüttje Arvt so'n luuden Knall vun sick geben kann, so dull, datt sien Fründ Erni sick bannig verfiern deit, wenn Kalli em so'n witte Knallarvt vor de Feut ballert. Ober denn wüllt beide sick scheef lachen un sünd sick ganz eenig: Knallarvten sünd beter as Kaugummi. Un kost' överhaupt nix!

DE ÖBERFALL

In den Slachterloden weer grod' nich veel los, Froo Sempstengel har ehr Pund Buukspeck kreegen und klöhn noch 'n beten mit de Slachtersfroo. Mit 'n mol flüggt de Dör op, un en forsche junge Froo kummt in den Loden rinrennt, haut op de Tonbank un röpt bannig energisch: «Sofortens eene Mark her! Ober 'n beten dalli!» De Slachtersfroo kreeg denn jo dat Bebern un grabbel in ehr Kass'. Froo Sempstengel neuhm de Han'n hoch un schree: «Himmels willen! Blot nich scheeten!» Ober dor har de Räubersfroo de Mark all un flutscht wedder ut de Lodendör. Mit bebende Kneen keek de Sempstengelsche ehr no. Do stünn de Strotenbohn an de Haltestell', un de Schaffner holl vorsichtig en lütt Baby op 'n Arm. «Hier», schree de Räubersfroo, gäv den Schaffner de Demark, kreeg dat Baby, und ‹bim bim› ratter de Bohn wieder. Ganz ut de Pust käm de junge Modder mit Kind wedder in den Loden. «Wat 'n Arger ober ook!» stöhn se. «Wi wüllt doch Oma bedeuken, hett de Lütte jo öberhaupt noch nich sehn, un ick kumm ganz vun Billstetdt, ober keeneen kunn mi den Foftigmarkschien wesseln, un de Schaffner hett seggt: Erst dat Fohrgeld, anners beholl ick Adelheid! Wat sull ick dor moken? Ober nu is got, un denn geben Se mi man twee scheune Karbonoden, nich so fett, un wesseln Se mi bittscheun den verdreihten Foftiger. De Mark möten Se afftrecken! Dankescheun!»

DE MANSCHETTENKNOPP

«Wat een all'ns beleben kann», vertell Willem Knöv un stek sick'n Zigarr an. «Güstern nomedagg har ick mit mien Barkass' noch'n poor betere Herrn no'n Diestelkai fohrt. No'n halbe Stünn wulln se wedder dor sien. Ick mok den jo fast un täuv. Wisch noch mol de Duchten aff un kiek so'n beten. Wär ober nich veel to kieken. Een har sien Handschen liggen loten un een sien Leddertasch, un op de Boddenbred' läg'n enkelten verlornen Manschettenknopp. Dat wär'n feinen Manschettenknopp, ut Sülber un mit Perdelmodder. Kiek, denk ick, de den verlorn hett, de hett Glück hatt. Har jo licht een op petten kunnt, denn wär he hen west. Un de twete, de nützt em denn ook nix mehr. Ward sick frein, datt he em heel wederkricht. No'n Stünnstied kummt mien Herrn denn wedder, un ick frog jo rüm, wokeen den perdelmoddern Manschettenknopp verlorn hett. Nee, sä'n se all, ick nich! Schod! So'n fein'n Manschettenknopp. Nu is he to nix mehr wert! Und dormit smiet ick em öber Bord. Hett mi direkt argert. Noch mehr ober obends, as ick mi dat Hemd öber'n Kopp treck. Dor wär jo mien eegen Manschettenknopp! Sülber mit Perdelmodder! Ober blots een! Den annern har ick Döskopp in de Elv smeten!»

DE VILLA

Kennen Se de Geschicht vun den dicken Herrn un den dünnen Herrn? Nee? Also, de beiden Herrn steegen in' Hochkamp ut de S-Bohn. Se kennen sick nich, ober de dicke Herr har keen Füer for sien Brasil-Zigarr un sä' denn jo to den dünnen Herrn, wat he em woll uthelpen kunn. «Gern», sä' de Dünne, holl den Dicken dat Striekholt, un de Dicke füng genüßlich an to paffen. Tosomen güngen se de Trepp dol un ünner de schattigen Ahorne de vornehme Villenstrot lang. «Feine Zigarr smeuken Se dor», sä' denn de dünne Herr, «de is woll scheun düer.» «Veerdig Penn», sä' de dicke Herr, «is'n gode Brasil, wülln Se een?» – «O nee», wehr de Dünne aff, «bün Nichsmeuker ut Prinzip und Vernunft. Telln Se doch mol no, woveel Zigarrn to veerdig smeuken Se woll jeden Dag?» – «Och», sä' de Dicke, «so Stücker teihn woll.» – «Kiek an», sä' de Dünne, «dat sünd veer Mark an Dag, mokt in't Johr got twolfhundert. Un wo lang' smeuken Se all?» – «Na, so an dottig Johrn», gestoh' de Dikke. «Sehn Se woll», sä' de Dünne vorwurfsvull, «somit hebben Sie meist veerdigdusend Mark eenfach in de Luft pafft un mit Tins und Tinsentins vielleicht achtigdusend, un nu kieken Se mol hier an de Strot disse wunnerbore Villa, de kunnen Se hüt dormit käupen, wenn Se nich smeukt harn, stimmt dat?» – «Stimmt genau», sä' de Dikke, «ober seggen Se mol, geheurt Se denn de Villa?» – «Nee», röp de dünne Herr. «Ober mi», grien de dicke.

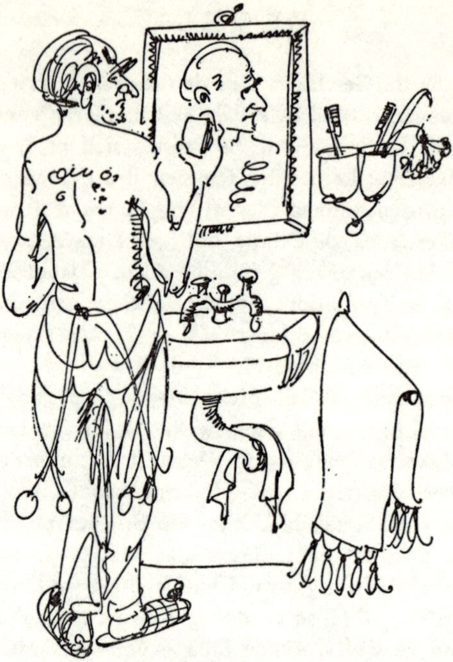

DE MORGENWÄSCH

Morgens, will ick mi waschen, de Seep schümt nich. Dammi, denk ick, nee's Stück Seep, warm Woter, mutt doch schümen. Güstern morgen hett se ook all nich schümt. Heff ick dacht: Na, ganz nee's Stück Seep, hett een jo aff un to. Nee'e Seep ist jo toerst bannig hatt, schümt nicht veel, mutt woll erst mol'n beten weeken. Morgen geiht dat all beter. Ober nu, hüt morgen, wedder keen Schuum. Schüer un schüer, un riev' und riev', ward nix. «Ariadne», röp ick mien Froo, «wat hest du mi for'n dummerhaftiget Stück Seep geben? Schümt nich un schümt nich! Gestern nich un hüt erst recht nich. Is dat viellicht noch'n

Stück vun de Silvesterhög'?» «Dumm' Snack», knurr' Ariadne, «prima Tohilettenseep, Mandelblüte, wat sull de woll nich schümen! Ick heff doch genau de sülbige! Mien schümt doch! Wunnerborn Schuum. As Slagrohm. Du hest blot wedder keen Geduld nich. Riev' man' beten, denn schümt se ok!» «Nee», schimp ick, «deit se nich! Ick schüer un riev' as dull, wat kummt? Ganz lütt beten oiligen Glitsch, ober ick gläuv', dat ist ok blot Inbillung.» «O, nee», sä' Ariadne fünsch, «du hest ober ok ümmer wat to quengeln, nu kannst' di nich mol mehr richtig alleen waschen. Wat sull de Seep woll nich schümen. Wies' mol her!» Se keek sick mien Mandelblüttenseep an, un denn schree se: «Du Döskopp! De is jo noch inwikkelt! In transparentet Kristallzellophon! Dat mußt erst affpuln, sühst woll, so un so, un nu schümt se!» «Och so», sä' ick.

KÖKENPLATTDÜTSCH

Dat ward jo in Hamborg to'n Glück jümmer noch veel Plattdütsch snackt, besonners in' Hoben un bi de Seefohrt. Ober ook veele öllere Huusfroon denkt dor gor nich an, ehr oole Moddersprok optogeben. Dat lett sick ober nich affstrieden, datt gode plattdütsche Utdrück, de freuher in jede Hamborger Kök to Hus wärn, ümmer mehr dörch half hochdütsche Wör' ersett ward. Dat is eegentlich schod'! Un ick meen, wi sulln dat nich mitmoken un in Tokunft nich mehr neemod'sch «Schüerbessen» seggen, sonnern wedder «Leuwogen» un dormit den Fotbön nich «opwischen», sonnern «feuln»! Den Kökendisch mokt wi nich mit'n Wischlappen sauber, sondern mit'n »Fohrdok», un Speulwoter get' wi nich in' Utguss, sondern in' «Handsteen»! Stoff wüllt wi man ruhig wedder mit de «Handuul» tosomenfeger un nich mit'n Handfeger. Arvensupp reuhrt wi nich mit'n Holtlöpel üm, sonnern mit den groten «Sleef», un den heeten Puttdeckel fot wi mit'n «Schamm» an, nich mit'n Puttlappen. De Kökenschört wüllt wi geruhig wedder «Platen» nömen, un dat Füer in' Oben ward nich ansteken, sonndern «anböt», ober nich mit'n Striekholt, nee, mit'n «Rietsticken», un de Gasherd ook. Heurt sick jo teemlich ooldvaddersch an, all düsse Soken, kannst jo ober nich ohne jem utkomen, ook in de modernste Droomkök nich!

NEEGENTICH JOHR

Tjä, sä' de oole Hanne, ick war nu neegentich. Mit foffteihn Johr bün'ck vun uns Dörp no Hamborg komen. As Lüttmäken in' Deenst an' Mittelweg. Mit Slottkorv un Kommod'. Wär'n scheune Stell'. Den tweeten Dag muß ick op Polizeiwach' un mi anmelln. «Wo kummst her, mien Deern?» freug de Wachtmeister. «Vun Kattendörp», sä' ick, «dat is in Holsteen.» – «So», sä' he, «denn muß du'n Afftogs-Attest vun de Gemeen hebben. Hest keen? Denn schriev man'n Postkort no Kattendörp, se süllt di een schicken, un wenn dat hest, denn kummst wedder.» Dat versprök ick denn jo, un as no veerteihn Dog dat Attest ankäm, güng ich wedder op Polizei. «Na», sä' de Wachtmeister, «hest denn nu de Beschienigung?» – «Jo», sä' ick. «Wo denn?» freug he. «In de böverste Schuvlod' vun mien Kommod', dor liggt se», sä' ick vergneugt. «Na», lach he, «denn geiht dat ook woll so, du lüttje Döskopp ut Kattendörp.» Jo, so dummerhaftig wär ick dormols noch. Ober nu, mit meist neegentich, bün'ck grod' ut Toronto in Kanada torüchkomen. Dörch de Luft! Heff dor uns' Kinner besocht. Güng all'ns glatt un schier. Wenn mi dat eener vor fiefunsöbentig Johrn vertellt har!

VEEL, VEEL GLÜCK!

Nu heff ick doch wedder vergeten, all mien veeln goden Frünnen un Fründinnen to Neejohr en hübsche Glückwunschkort to schicken. Geiht ober an Enn' ook op disse Ort und Wies': De jungen Ehelüd' Eberhard un Irene wünsch ick, datt de beiden nu endlich 'n scheune Tweetimmerwohnung kriegt! Mien Fründ Albert sall no veerdig Deenstjorhn doch noch Prokurist warn! De leebe oole Froo Melknogel ut de Vereinsstrot sall de richtige Wunnersalbe finnen, wo se dotsicher ehrn Rhematism mit wegkriegt! Onkel Reinhold sall jeden Obend sien stieven Grog hebben! Jochen Döskopp sall sien Abitur mit Utteknung moken! Hein Meier sien Freuhkartüffeln süllt em dat Teihnfache vun de Utsaat bringen! Mien lüttje Nichte Isolda sall 'n smucken Brögam finnen, womeuglich 'n vull gesicherten Oberstüerinspekter! Frollein Lippenseut sall Oberchefsekretärin warn un Stüermann Ballerbütel Kaptein vun en allmächtig groten Musikdamper! Generoldirektor Bittersolt sall sien Gallnsteen loswarn und Tante Hulda ehr Heuhneroogen. All de flietigen Geschäftslüd wünsch ick verduppelten Umsatz, de Konsumenten sinkende Pries, uns' leben Buuern en vullsubventioneerte Superrekordernte, de Scholkinner veer Wochen Extraferien, de Arbeitslüd' de gesetzliche Achtteihnstünnenwoch' un de Angestellten dat dotteihnste Monatsgehalt! Un mi sülben? Datt ji alltohop leev beholt juern JAN BRASS.

INHALT